馬德里的黃昏

夏眉散文集

夏眉 著

目次

憶兒時

家居生活

旅遊感懷

憶兒時

上菜市場

我在小鎮長大，一家四口住在一幢廟宇般的祖屋裡，也沒什麼鄰居或玩伴；兄姐一上學，我就落了單；母親只好把我當成了手提包，不管到哪裡都攜帶著。在那段日子裡，跟她上菜市場成了我每天生活中最有趣，也最期待的一件事。

每天早上，我一邊等待母親收拾房子，梳洗打扮，一邊提著一把掃帚，把遊廊打掃得一乾二淨。等我打掃好了，母親也已經準備就緒，於是母女倆就提著菜籃子，輕輕鬆鬆，快快樂樂地一塊兒上市場。

記憶裡，那菜市場並不大，呈E字型；往前直走便是兩排對立的肉攤。第一個右轉是蔬菜，水果攤；第二個右轉是熟食攤；再往裡邊走，便是魚市場了。

我每天跟在她身後，看她買豬肉，聽她指定要的部位，我就猜得出那天我們要吃的是什麼料理了。買好了肉，我們再去青菜水果攤；我們家什麼青菜都吃，我母親也每天都變換不同的菜色。最後我們會去魚攤。我從小喜歡吃蝦，吃旗魚，卻最不喜歡虱目魚。每次看母親在挑選虱目魚，我就一直扯她的裙裾；她不勝其煩，會把我的手撥開。

買好了菜，走出來；這時市場外那條街道已是人聲吵雜，熱鬧非凡了。街道兩旁擺滿了臨時的攤位，賣些形形色色的物品以及各種各樣的小喫。那裡是我最愛的地方，舉目所望，幾乎所有的零食我都喜歡，都想買。可是我母親卻很不肯妥協；她除了買包穀，菱角和紅豆煎餅以外，從來不去光顧那些散兵遊勇般的攤子；因為她不會討價還價，又怕被討了便宜，讓人笑話；所以我們母女倆常當眾就吵起來了。我愛耍賴皮，若得不到我要的零食，我就不肯多走一步，不肯回家。如今回想，多尷尬呀！

有一天，我們已經買好菜，就要回家去了；卻突然看到市場外一陣的騷動，聽到眾人呼喝奔跑的聲音；原來是打狗隊跑到菜市場來了！最讓我不能相信的是，我親眼看到我們家的那隻狗「小黑」被打野狗的人追逐著，然後用一根棍子活生生地給打死了！牠臨死前，還躺在那裡，四隻腳一踢一踢地掙扎著，口吐著泡沫與鮮血；多麼恐怖的一幕！我再也忍不住，就把臉藏在母親的裙裾裡，號啕大哭了起來。我母親跟那打狗的爭執了半天，一再地說明我們家的狗是帶了頸圈的，並不是野狗。可是爭吵有什麼用？狗都死了！

如今回想，我們養的那隻黑狗，其實非常冥頑愚蠢，很不能討人喜愛。牠本來是隻流浪狗，哥哥看牠可憐，就把牠抱回家了。怎知，牠本性難移，常常趁我們不注意，就跟一群流浪狗跑到菜市場去晃蕩，到肉攤旁撿骨頭，碎肉吃；也難怪被人當成野狗給滅除了。

可是，牠畢竟是我家養的，我們怎麼忍心看牠這麼被拖上了野狗車，丟到野地裡去掩埋？

從那一次以後，我很少再跟母親上街買菜；大概是她怕我再看到市場裡那麼殘忍的插曲吧？或者是我自己不敢再去？只記得後來我經常一個人在家，耐心地等著母親帶好吃的零食回來。

後來我們搬離了故鄉，而那個菜市場也成了我記憶中漸漸褪色的影像。

我在美國結婚了十年以後，才跟著丈夫，帶了孩子回臺省親。第一次見到公婆，不免情怯。幸好我婆婆人很好，我當然很急切地希望她能接受我這個陌生人；於是回家的第二天早上，她要上菜市場，我就提議跟她一起去。她本來不肯，只說菜市場很髒很亂，到處是泥濘，我不會習慣的。

我卻很堅持，「媽，我二十幾年沒上菜市場了，好懷念呢；我也很想買些小時候好喜歡吃，可是在國外吃不到的東西。」

「妳喜歡吃什麼，跟我說，我去買回來就是；妳也不用走這一趟。」

我還是不肯放棄。「我已經記不得小時候喜歡吃些什麼了；要親自上菜市場去看，才會記起來。而且我跟妳一起去，也可以幫妳提菜籃子。」

我的婆婆拗不過我，只好讓我跟了去。

果然，那菜市場很髒，很亂，滿地的泥濘；人又擠，又吵雜。我們先去肉攤；我婆婆買了一大塊的肉，一整塊的排骨，一塊豬肝。然後走到魚攤，她又挑揀了一條海魚；到了雞肉攤，她買了一隻雞。最後，我們才繞到青菜攤。我看到一排又一排堆堆疊疊的青菜，那麼碧綠青翠，那麼鮮嫩欲滴；我指了指那堆茭白筍，「媽，我最喜歡吃茭白筍了。」

我婆婆卻皺著眉頭說，「我從來沒買過這種菜，也沒吃過，都不曉得怎麼做。」

我愣住了；怎麼辦？要不要堅持？茭白筍這種菜，我也只會吃，不會做。若真的買回家，不要說怎麼炒吧？單是怎麼剝殼，都要難倒我。

結果，我婆婆只挑了一把白菜，我們就回家了。

後來，我在夫家度過了幾天，這才看真了，我婆婆和我母親非常的不一樣。我母親一天三餐，只做給三個孩子吃；她有的是時間，可以花半天功夫，加調料，把肉浸泡好；然後起個小火爐，慢慢地烤，把那一片片的豬肉烤得香氣四溢，吃起來鮮嫩可口。也許，她對兒女的愛心，都用三餐的飯菜來表達吧？而她做的菜每一道都那麼精致可口。可惜的是，我小時候不懂得珍惜，不知道自己多麼有福氣；等我出外，吃了別人做的菜；等我做了妻子與母親，每天吃自己做的菜，我才漸漸地領悟到，原來母親具有那麼出色的廚藝。

多少年以後，我曾問母親：

「媽，妳那羊肉米粉湯怎麼做的？妳那豬肉排用的是什麼調料？」

「妳那旗魚排是怎麼淹泡的？」

「要怎麼蒸鮮蝦，味道才會鮮美？」

可惜，我千問百求，她總是擺出一副茫然的神色，「我多久沒下廚了，哪裡還記得怎麼做菜？」

如今母親已作古，我卻還念念不忘她做的菜；在心中，也加添了一層懷念。

至於我婆婆，她的情況又不同了。她生了那麼多孩子，又經常有親戚上門來；因此，她每天三餐都像火伕為一團軍旅燒飯一般，忙得團團轉。她最主要的任務是餵飽一家大小，至於好吃不好吃並不重要。他們家每一頓飯都得輪流上桌，因為即使那麼大一張飯桌，都無法同時容納一家人。他們一家大小，又都是天生的肉食者，沒有魚沒有肉就吃不下飯。至於青菜，卻很少人問津；所以十幾二十個人就吃那麼一小盤，還吃不完。到了下一頓飯，我婆婆當然又把那盤吃剩的青菜擺出來。於是那盤青菜端進端出，越擺越靠邊境地帶；到後來，就失蹤了。到了下一頓，飯桌上又會出現一盤剛炒好的青菜。隔了幾頓飯後，當然難免會遭到被淘汰的命運。

我知道跟婆婆去買菜沒有一點兒好處，想吃的東西根本吃不到。所以，我只跟她上那麼一次菜市場就作罷了。

也只好纏姐姐了。每次回臺灣，我一定會去姐姐家，在那裡住幾天。每次她上菜場，我一定跟了去。

她騎著機車，我坐在她身後，於是姐妹倆就去買菜了。她多麼好說話呢！就像童年時代一樣，不管我有什麼要求，她從來沒有說個「不」字。於是，我們在菜市場裡穿來穿去，我一邊挑，一邊買；想買什麼就買什麼。姐姐總是笑嘻嘻地，只笑我貪婪，卻從來沒有阻止我。我挑了釋迦、蓮霧、芭樂；又買了筊白、竹筍，還有紅龜粿，客家菜包，菱角……

啊，回到家鄉；那種享受！那種滿足感！

原載於二〇〇八年十一月二十八日《臺灣公論報》

外婆的農莊

我的外公在他的家鄉將軍崙有幾甲田產，也有個農莊；那座農莊是我童年時代唯一能領受到農家生活的地方。將軍崙是個很小的農村，如果你想在臺灣地圖上找那村莊，大概得用顯微鏡才找得到。

其實我母親本來很少回娘家，因為我那外婆並不是她的生母。我母親小時候受盡了被漠視，被冷落的孤獨生活。她常說，她小時候唯一的玩伴是她自己的影子。可是命運的安排多麼不可預測！我那外婆娶了媳婦以後，婆媳不和；做婆婆的被氣得鬧出胃病來了。因為有了這許多的折騰，她對繼女那冰冷的心，才漸漸地溶解了；終於展開了雙臂，把我母親迎接回去。

也許，她所以會迎接我們一家人，也是基於悲憫之心？因為我母親年紀那麼輕就當了寡婦，又得養育三個小孩，實在很可憐。總之，她常常要我母親帶孩子回娘家，這樣孩子也有人幫著照顧。於是，我上小學之前那一段半懂不懂的孩提時代，參雜了許多對那個農莊的回憶。

記得從我們家到將軍崙，要花大半天的時間；先是坐火車，下車後換汽車，下汽車後，還得走一段路，渡過一條溪，才會到。那條溪大概只有兩三尺深吧？可是對一個四五歲的女孩來說，那是一條大河呢！每次走到溪畔，我就躊躇不前，怕走上那搭在水上的橋。其實不能說那是一道橋；它只是幾根粗壯的竹幹綁在一起的竹筏，架在溪的兩岸。走在上面，人就跟著水的流勢晃蕩了起來。現在回想，該是多麼好玩的經驗！可是童年的我，卻一點也不覺得有趣；尤其是每逢下過大雨的日子，那水流湍急，走在橋上，水深及足踝，簡直像走在水上，心裡充滿了掉進溪流裡，被水沖走的恐懼。記得有一次，我的雙腳已踏上橋，這才發覺溪水中有一頭黑黝黝的牛，牠大概被水沖到溪水裡面吧？那顆大頭在水中伸出來，兩隻巨大無比的眼睛盯住我；我一驚，就掉進溪裡了。

我那外婆的農莊，屋前有一片曬穀場，有數不盡的雞鴨和大大小小的鵝在那裡逛。我姐姐最怕那些鵝，牠們大概可以意識到姐姐的恐懼吧？所以她每次一走到曬穀場，那群鵝就追過來，爭著要啄她的足踝；她總是嚇得大聲疾呼，躲到樹上去，或躲進屋裡。我哥哥卻怕那些紅臉的番鴨，牠們專找他的麻煩，喜歡追著他滿場跑。我卻最怕火雞，那碩大的家禽長得比我還要大，樣子猙獰而詭異。牠們又喜歡吃火紅的木炭，真是不可思議！

我們雖然很怕那些雞鴨鵝，可是等牠們被煮熟了端上桌時，我們可就搶著吃了。

我外婆的農莊，屋後是一片看不到盡頭的果園；那裡便是我的天堂。母親說我像一隻水果狸，只要有水果吃，可以不吃別的東西，可以不吃飯。我真的不在乎有沒有飯吃，只要有水果就能滿足。那果園對我來說真是神奇的地方，不管哪一個季節，都有吃不完的果子。我可以吃到芒果，龍眼，荔枝；還有芭樂，枇杷，蓮霧和楊桃。我每天早上起來，就纏著姐姐哥哥陪我到果園去。因為我一個人進果園，經常會迷失，走不出迷津。

有一天，我一大早起來，到處找不到姐姐哥哥，不曉得他們跑哪裡去了。我等來等去，等得又渴又餓，終於決定自己去果園吃早餐。

果園的入口，是一片芒果樹；我先吃了兩個，又往前走，前面是番石榴的林子；我又吃了兩顆。又往前走，走進了龍眼的世界。那肥肥的果實，一串串地垂下來，任我採擷。我一路吃下去，吃得好飽，於是準備走回頭；這才發覺，我已迷失了方向。我也不怕，知道我的姐姐哥哥遲早會來找我的。

我這裡繞個圈，那裡轉個彎，走了半天，繞了不知多遠，實在好累，只得找個樹蔭茂密的地方坐下來休息。怎知一坐下來，就不知不覺地睡著了。等我醒來時，太陽好熾烈，大概已經是午飯的時分了。奇怪的是，我的兄姐，我的母親，我的外婆都沒有露面。好奇怪，難道他們都沒發覺我已失蹤了不成？

我呆了半天，不曉得怎麼辦；後來想想，既然沒有人來找我，只好自己找路子出去了。

這裡本來是我最熟悉的地方；但是那一天，我繞來繞去，繞了半天，卻沒有一棵樹是我認得的；沒有一條小徑是我走過的。我真的迷路了！

我不知走了多久，繞了果園幾個圈，就是找不著出路。我正想坐下來休息，怎料擡眼一望，原來我已經走出了果園，來到了一條小路上；那是一條可以供兩個人並肩而走的泥土路。我站在路旁，正不知怎麼辦，卻看到兩個人從路的盡頭走過來了。他們肩上扛著一樣東西，有點像供孩子玩的小轎。他們的步伐很奇怪，一顛一躓，踉蹌地；他們肩頭那座小轎，也隨著他們的腳步，顛抖搖蕩著。他們越走越近了！我驚恐地望著他們，卻無法移步，也喊不出聲。

他們欺身向前，然後帶著獰笑，在我面前搖幌著那座轎子，我就昏倒了過去。

那一次的驚嚇，使我病了大約半年；我每天晚上都發高燒，被噩夢與陰影所纏繞。每夜都要換房間，換床；滿心的驚懼，無處躲藏。那一陣子，全家都被我搞得心慌意亂，寢食難安。母親帶我看遍了醫生，卻都找不出毛病。她以為我活不了，當然整天愁眉苦臉，唉聲嘆氣；鄰居都勸她帶我去看尪姨，請那靈媒收驚。我母親很生氣地拒絕了，她說，

「我女兒是被那兩個乩童嚇出病來的，我絕不信那一些招搖撞騙的歹徒，我絕不會請他們進門來施展騙人的巫術！」

幸好，我後來恢復了健康，又蹦蹦跳跳了。可是從此我們一家人很少再去外婆的農莊。從此我每走過道觀，心裡就覺不安；若遠遠看到或聽到有人在做醮，有乩童在起乩，我必定繞道而行，離得遠遠的。

小鎮的公園

八月初去參加同鄉會舉辦的一個野餐，我和一位早已認識，卻從來沒機會深談的太太坐在一塊兒。閑聊了半天，才恍然，原來我們是同鄉。我們覺得好奇怪，為什麼小時候都沒見過面？後來我認真地追問，才知道原來她就住在老街上。那一條街是我們小鎮的商業中心，大概也是有錢人聚集的地方。可惜我小時候很少到大街去逛，當然更不可能到她家開的百貨店去光顧了。而且我們上的是不同的小學，年齡又相差了幾歲，所以一直都無緣相識。

我多麼希望能在記憶中抓住一根線，一個點，藉此讓我們能共同回味小時的生活，重描家鄉的色彩。可惜的是，我的腦子裡一片空白，對家鄉的一切幾乎都已遺忘。只記得家門外那條路延伸到老遠的地方；路旁還有遮天的，火紅的鳳凰樹。我也依稀記得，在鎮的邊緣，有一座公園。

小時候我沒甚麼玩伴，整天就跟在哥哥身後，他到哪裡，我就跟到哪裡。他喜歡走老遠的路，到公園的古樹下去看大人下象棋，一看就著迷。我對棋子的佈局與戰略毫無了解，也沒有一絲的興趣；到了公園以後，我就挑個有樹蔭的地方，坐下來等。肚子餓了就拉扯著哥哥的褲管，要他帶我回家吃飯。他恨得牙癢癢的；卻也無可奈何。有一次，大概棋局很緊張刺激吧？哥哥對我的懇求毫無反應，根本拒絕回家。我實在很餓，又無聊，只好獨個兒漫無目的在公園裡徘徊。原來公園好大，到處都是參天的榕樹。我越走越遠，走到一個以前從沒到過的地方；那裡有一幢寬廣的平房，裡面發散出陰暗的，微弱的燈光；偶爾，會看到一兩個身影從燈影裡飄過。我不曉得那是個什麼樣的所在，只是好奇地站在窗外探望。

突然間，一陣微弱的呻吟聲，飄到耳際。我不禁嚇了一跳，全身都發抖了起來。正想走開，那呻吟聲卻又傳了過來，漸漸的變成了哀嚎。我直覺地拔腳往後跑，只想趕快遠離那地方，回到哥哥身邊。

故鄉的街道，我已不復記憶；那哀嚎之聲，我卻無法忘懷。

後來我才知道，原來那幢平房便是警衛部；那裡有個地下室，是專用來行刑的地方。那一天黃昏，我聽到了哀叫，是不是因為刑警正在拷打嫌疑犯？我想，鎮上有很多人都知道有這麼一個處刑的地方，可是那時正值白色恐怖的時代，大家岌岌可危，都躲得遠遠的，哪裡敢提到這麼敏感的事？

上了小學以後，我又常常到公園去玩。那是因為我班上一個同學就住在公園裡。月桂是個小美女，長得五官姣好，皮膚嫩白，身材嬌小玲瓏。最難得的是，她的性格平和，很懂得替別人著想；她不但很認真地當班長，而且年年都代表學校參加縣裡的演講比賽，還年年奪了冠軍的金牌回來。她是我們級任老師最寵愛的學生，這是意料之中的事，本來無可厚非。我卻很不肯吃這一套。心想，她功課再好，也還差我一截，怎麼她每年都得縣長獎，我卻只拿到鎮長獎？我母親也護短，她認為我所以吃虧，是因為長得太平凡。她都沒有跟我好好解釋，也許她也沒想透，一個孩子本來就不應該單靠成績的優越取勝；個性的發展，人格的修養，無私的服務精神，比學業更重要。

雖說我在班上的名次老是排在她後面，我卻沒有什麼妒嫉之心；在學校常常跟她同進同出，也常到她家去玩。她卻很少到我家去，因為她下課以後，就得馬上回家，她底下弟妹一大串，都得靠她照顧。

她的父母在公園的入口處開了一家餐廳，天天都很忙。如今回想，真搞不通他們怎麼有時間和精力生下將近一打的孩子？

她們一家人都住在餐廳的閣樓裡；大大小小十幾個人，就擠在一個統舖上，夏天很熱，冬天很冷。但他們年年月月如此度過，似乎也不覺苦。

有一天，她悄悄對我說，「昨天半夜裡，我醒了過來，看到我爸爸爬到我媽身上——」

我是個失去父親的孩子，對大人的事，一竅不通；她把夜晚看到的小插曲告訴我，也算是替我上了生平第一次性教育的課。

到了中學，我們又同班，又是通學生，每天一起坐火車，一起上課，真是形影不離。我想，我的中學時代所以能平安無事地度過，都是她的功勞。因為她頭腦清楚，為人很有分寸，做事面面顧到。我卻很不屑那些循規蹈矩的好學生的作為，常有一些異想天開的歪主意，卻全被她給否決掉。

可惜，在高三那一年，我們漸漸地疏遠了。我們不再同進同出，不再一起做功課。我覺得很惋惜，畢竟，我們的友情已經承受了那麼多年的考驗，應該能持續下去才對。可是，不知為什麼，她卻變得很怪異，喜歡獨來獨往；我無法了解，也無法挽回這樣的處境與變化。

後來，我們考上了不同的大學，一南一北，再也很難見面。直到大學畢業，我要出國了，她才帶了她的未婚夫到我家來道別。飯後，她找我一起出去散步，這才有機會把她的心事告訴了我。

原來她的父母在她上高三的時候，生意倒閉了。她的父親因為太肥胖，所以一身是病，再也沒有體力，沒有精神重新振作。於是，全家的生活一下子都沒有了著落。她身為長女，都把一切扛在自己肩上。她到處奔走，向親戚求救借貸，才勉強把一個家維持下來。

可是，用借來的錢維持家計，畢竟很難支撐下去。幸好她在大學時碰到了一個男人，願意幫她養家，願意為她教育弟妹；所以她以感激之心，答應了他的求婚。

她說完了以後，笑望著我，「妳很失望，對不對？我們一塊兒長大，所以我能瞭解妳心裡的想法；妳看到我的未婚夫長的那麼平凡，所以妳一直哭喪著臉，覺得我胡亂嫁人；我沒猜錯吧？可是，妳要知道，我的處境跟別人不一樣；他願意扶持我的家，養育我的弟弟妹妹，我只有感激的份；哪裡還會有非份的要求？」

我們就這樣離別了。這些年來，我常想念到她，卻不知她人在何處？如今變得怎麼樣。也許有一天，我會與她重逢；那時我們就可以把別後的一切，從頭到尾，彼此細細地傾訴。

我的舅舅

我的舅舅是我母親同父異母的弟弟，他從小就不肯念書，卻很喜歡運動，常常代表學校參加校際比賽；也因此，他才有機會認識了一個女校的運動健將。那時兩個人才十六七歲的年紀吧？卻熱烘烘地談起戀愛來了。這一下，他乾脆休學，整天就吵著要結婚；一家子被他鬧得雞犬不寧。

我外公是個書生，很愛面子，當然不願看獨生子輟學；因此只好想辦法把我的舅舅跟他的女朋友一起送到日本去繼續他們的學業。照說，外公給的錢足夠他們念兩年的書；兩年以後，如果還想繼續念下去的話，再做打算。可是那兩個年輕人到了日本以後，第一件事就是先結婚，然後開始蜜月旅行；他們從東到西，從北到南，把整個日本玩遍。如此這般，才一年，錢就花光了，於是趕緊寫信回家求援。外公只好寄一筆錢過去。哪知不到半年，錢又用光了。他們不知好歹，還伸手要，外公當然不理睬；兩人只好乖乖地回臺灣了。他們在日本呆了一年半，連學校大門都沒進去過。

回到家鄉以後，他們的日子過得蠻寫意，反正有個父親撐腰，要什麼就有什麼。後來外公去逝了，把財產全數留給了我舅舅。在以後的十年裡，舅舅和舅媽無所事事，只忙著生孩子。他們連續生下了五個女兒，一家七口就靠外公的遺產過日。他們很懂得怎麼過好日子；孩子有僕人照顧，夫婦倆天天山珍海味，到處遊山玩水。我那舅媽一年四季都要上臺北置新裝，每年春天都去京都賞櫻花，秋天就去北海道泡湯看楓葉。缺錢用了，舅舅會將保險櫃裡的房契，田契拿去變賣。對他來說，這些紙張，取之不盡，用之不竭，就像銀行裡的鈔票。

我舅舅平日生活的點點滴滴，都是我母親從朋友和親戚那裡聽來的；她也只當茶餘飯後的趣談而已。只因我母親和她這個弟弟感情很淡，在他們成長的年歲裡，做弟弟的真是集眾人的寵愛在一身，因為他是主子。而我那可憐的母親，在家中的身份很含糊。在外公的面前，別人對她很親熱，把她當千金小姐看待；可是外公一出門，大家都換了另一張面孔，再也沒人肯理睬她，都懶得跟她說話。畢竟，少了一個生母，多了一個後母，她成了孤兒一般。我不曉得童年時代的她，對這個異母的弟弟是什麼樣的感情；大概免不了有些妒嫉吧？

等他們都結婚成家以後，姐弟倆更難得見面了；所以舅舅長得是什麼樣子，我都很模糊；若是在街上踫到，我也不敢上前相認。

想不到幾年的陌生，就在一天之間完全改變了。那一天，他們全家出現在我家門口。

我母親這一生，最缺少的是愛與關懷；自從我父親死後，幾年來她不曉得受到了多少外人的欺負和詐騙，真是滿心的悲哀。但最讓她恐慌的是，她深知自己不管是對人或對事，都缺乏判斷的能力；至於怎麼做生意，怎麼理財，她更是全然不懂，沒有一點概念。就在她惶恐不安，沉沉浮浮的當兒，她的親弟弟竟上門來了！她的欣喜與釋然可想而知。

於是她把我們家的一座工廠交給舅舅，又在工廠旁邊闢出一塊空地，蓋了一棟新房子給他們一家人住。她為了方便省事，乾脆就把自己的印章交給了弟弟，要他全權處理工廠的一切事務。於是我舅舅一家人就這麼安定下來了；我們不但是親戚，也成了住在同一條街的近鄰。那一陣子，兩家的過往甚密；不是我們到舅舅家吃飯，就是他們到我家來過節，大家都很和樂融洽。

直到有一天，我母親到鎮公所去詢問，到底那家工廠的營業稅要繳多少，因為她一直沒收到稅單。那稅務處的職員查了一下，對母親說，「那工廠並不在妳的名下；妳已經轉賣給別人了，難道妳自己都不知道？」

我母親大吃一驚，差點當場昏死過去。後來她才查清楚了，原來是她的親弟弟擅自用她的印章，把工廠的所有權改到他自己名下。

我母親的傷心與憤怒，就像火山爆發一般；姐弟倆當然鬧翻了，從此斷絕了來往。也不知她度過了多少的不眠之夜，花了多少的錢，奔走了多少地方，終於才把工廠的所有權收回。後來我舅舅一家人悄悄地搬走了；到底搬到哪裡去了？我一直都不知道，也無從去打聽。

三十幾年就這麼過去了，我母親一直不曾跟她的弟弟連繫；直到有一年春節的前夕，母親從她表姐那裡得知了舅舅重病的消息。她沉思冥想了許久，終於坐上火車，到高雄去看他。到底他們見面時都說了什麼話？我母親一直不願提及；我也無從猜測。

年久月深，我舅舅的音容與事跡，在我的心目中漸漸地變模糊了；我常常忘了，自己曾經有這麼一個親人。

原載於二〇〇八年十月二十四日《臺灣公論報》

童年掠影

小白

自我有記憶以來，我家就養了一隻很可愛的小母狗；因為牠一身的白，只在幾個重要的部位上點綴了棕色的花斑，所以家人替牠取了名字叫小白。

二二八事變發生時，我們的小鎮陷入了愁雲慘霧中，政府派了軍隊到我們鎮裡來搜查抓人，就連我們這種普通家庭的老百姓也被嚇得往鄉下逃難。那時小白剛生下一胎十二隻小狗，所以我母親決定把小白留在鎮上，卻特別請了鄰居代為照料。

於是母親揹著我，手牽著哥哥和姐姐，就這樣三更半夜出了門。小白一邊跟在我們身邊跑，跑了兩步，卻又跑回頭。母親看牠那躊躇焦慮的神色，就厲聲地對牠說，「小白，妳要留下來照顧小狗，聽到沒有！」

小白好像聽懂，只哀哀地叫了幾聲，就不再跟隨我們了。

我們跟著鎮上的一群人摸黑沿著樹林子的邊緣走。走到半路，突然間，一陣的騷動，原來被派出去的探子傳話回來，說是前面就有一些兵在抓人。大家一聽，頓時驚慌四散。等我母親鎮定下來時，舉目一看，才發覺整個田野已空蕩無人，就只剩下她自己和三個孩子。

幸好這時太陽已在天邊探出頭，她心定了一些，決定在樹下休息一會兒再做打算。她正要餵我飯糰呢，怎知，無意中擡頭，竟看到一隻狗正舔著哥哥和姐姐的臉！

「小白！」我母親一邊抱緊了牠，一邊責備地說，「妳怎麼追到這裡來了？」

小白只忙著搖尾巴，舔著母親的手。

一個月後，我們從鄉下回來，一路上小白跑得好快，直往前衝，卻不時地往後看，似乎在催促主人把腳步放快點。好不容易到了家，小白搶先跑進門，把那躲在神桌底下的十二隻小狗都叫了過來，然後躺下來，讓那些小狗爭搶著牠的奶頭。只可惜，牠的奶水都已枯竭，再也擠不出半滴來了。母親沒辦法，只得把所有的小狗都送給了親戚和朋友。

原來狗對主人的忠誠，勝過了牠母愛的天性。

過了幾年，小白年紀太大，就死了。我們哭了好幾天，哥哥在前院裡挖了一個洞，把牠埋葬了，姐姐還刻了一塊墓碑做為紀念。

後來我們又養了好幾隻狗，卻沒有一隻比得上小白的忠貞，可愛與聰慧，我們也都不那麼疼愛了。

離家出走

我三四歲的時候，很貪喫又霸道。母親每天買菜回來，就會分給我們兄妹水果吃。本來嚒，兄姐比我年紀大，理該多分一些給他們才對，可是我吵鬧不休，非得三人平分不可。他們早已習慣了處處讓我，所以也不跟我計較。好笑的是，我分到了那許多香蕉，橘子和芒果，哪裡吃得完？卻又不肯分給兄姐，還怕被他們偷吃了，所以忙著到處找地方藏。這裡藏那裡藏，久了，就忘了。結果，家人每打開抽屜或衣櫥，常常發現這裡一根變黑的香蕉，那裡一個爛橘子。

哥哥和姐姐實在吃不消我許許多多惡劣的行徑，有一夜，他們很嚴肅地對我說，

「妳不是媽生的，妳知道嗎？」

我愣住了，說不出話來。

「真的，不騙妳，」哥哥又繼續說，「有一天媽出去買菜，在回家的路上，從垃圾堆裡撿到了一個沒人要的嬰孩；那就是妳！」

我聽了，忍不住大聲嚎啕了起來。

哥哥姐姐卻說，「哭也沒有用啊，妳自己照照鏡子吧？妳長得跟什麼人都不像！」

我哭了好久；我那熟悉的小小世界一下子變得悲慘黯淡。第二天一大早，我就收拾了一個小包袱，還帶了一根香蕉，準備離開這個家。

我不知道應該往哪個方向走，也不知道該去找什麼人；只在街上徘徊著。後來大概有人去通知母親，她這才慌慌張張地奔出門，把我抱回家了。

那一次，哥哥和姐姐著實挨了母親的一頓痛打。

迎神賽會

我的大姑媽住在赤桐鄉，有一年，赤桐鄉作醮，我們兄妹三個都到大姑媽家去趕熱鬧。那天整個鄰近的鄉鎮傾巢而出，都聚集在那一兩條窄小的街道上；那一浪又一浪的人潮，真是洶湧澎湃。我們臨出門時，姑媽就一再叮囑姐姐，要好好看著我，不要讓我走失了。可憐的姐姐，她自己也只是個小孩，卻要承當那麼重的責任。靈巧如她，想出了一個萬全之策：揹著妹妹走。把妹妹揹在身上，總不會丟？她就沒料到自己力氣不夠；也不知是我太胖還是她太瘦，她只覺漸漸地頭昏乏力，四肢都要脫落了一般。不得已，只好把我放下來。我們兄妹三個手緊抓著手，繼續往前擠。可是不知怎的，一轉眼間，哥哥姐姐都失去了蹤影。我被夾在人群中，腳不著地的在人浪中翻騰；仰頭，看不到天；往下看，看不到路面，只看到忙忙亂亂的腳。我被嚇傻了，根本聽不到人聲的喧嘩；聽不到那鑼鼓喧天；聽不到兄姐的呼喚，也聽不到自己的哭喊。直等到入夜，眾人都已散去，家人才找到了我。

不知道為什麼，我經常走丟了。姐姐沒辦法，只好找了一根繩子，綁在我手腕上。可惜這辦法還是行不通，媽說，妹妹又不是一隻狗，怎麼可以讓妳這樣牽著走？不得已，她只好到哪裡都揹著我。有時她實在太累了，不免狠下心，擰我一把。可是我怎麼懂得她的苦楚？只埋怨地說，「姐，妳不要擰我！我會痛呢！」

大孩子照顧小孩子豈是易事？每一天都是那麼的漫長，也不知她是怎麼熬過來的？

吳警佐

我剛上小學的時候，常常在離學校不遠的垃圾場看到一個滿臉鬍子，亂髮披肩，身穿黑色制服的男人。他總是聚精會神地在垃圾堆裡找東西吃；不是爛水果，就是污穢的飯菜。有一次，我親眼看到他撿了一隻沒有拔毛的死雞，就地生吃了起來。其實我每次看到他，就繞得遠遠地，不敢去驚動他；他也從來沒看我一眼。只是有時候我們一大群孩子散學回家時會蹓到他。這時，那些小男生就忍不住要作怪，都一窩蜂跑到那男人身後，然後大喊大叫了起來，「瘋子！瘋子！」

那男人一聽，會突然轉過身向我們追過來！我們飛也似地逃開，都作鳥獸散了。真是好恐怖的經驗；每次被他這麼一追，我當天晚上一定做噩夢。

後來我大了些，母親才把那瘋子的故事說給我聽；原來，他的一生是個悲劇。

那人姓吳，是日據時代的一個警察。他愛上了他的鄰居，他青梅竹馬的玩伴。本來這是好事，只可惜，那女孩子是個日本警官的女兒。可以想像，當年被看成了二等公民的臺灣人，要娶個日本姑娘談何容易？當然兩邊家長都反對了！可佩的是，兩個年輕人都非常堅持，一個非她不娶；一個是非他不嫁。終於，兩人成了夫妻，還生了一個很可愛的小女孩。

如果事事如意，他大概會繼續做他的警察直到老吧？但是，第二次世界大戰發生了，日本戰輸了，也無條件投降了。於是，一夜之間，日本人從高高在上的主子地位，一變而成了人人吐痰唾棄的喪家之犬。

接著，他們被趕上船，趕回日本去了。而吳警官的妻子和女兒也跟著她娘家的人一塊兒坐上船，走了。

留下了吳警官一個人，他先是丟了職位，然後丟了房子，最後連他的理智也棄他而去。到底，他變成瘋子是外來的因素，還是他本來就有經神病的病根？都沒有人知道，也沒有人去探究。鎮上的人只看到他從一個神氣威風的警官，變成了鎮上可憐的瘋子。後來，他就不見了。他到哪裡去了，或者是死了？都沒有人知道。

第二次離家出走

我上初中時，從小孩跨進了少女時代，卻很不懂事，只有很強烈的反叛意識。有一夜，母親和我不知為了什麼事而發生了衝突，她責罵了我幾句，我很不能接受她惡劣的態度，只想躲得遠遠地。我想了一夜，決定離家出走，找姐姐去。我數了數身邊的錢，只夠買一張上臺北的慢車票。於是隔天一大早，我就摸黑出了門，坐了十幾個小時的火車，又在陌生的臺北街頭摸索到半夜，終於滿面淚痕地出現在姐姐的校舍門口。姐姐看到我那模樣，又驚訝，又傷心，忍不住抱著我哭了起來。可是有了姐姐在身邊，我反而舒坦了，再也沒有埋怨；就是天塌下來，我也不怕了。

姐姐知道我一整天都沒吃沒喝，又傷心地哭了。後來不曉得她到哪裡借了兩粒雞蛋，又借來一個電水壺，偷偷地煮了，讓我充飢。

我在姐姐的小床上跟她擠了兩夜，後來她想辦法買了一張慢車票，又把我送回家了。

如今，幾十年已過去，可是我記憶中的她，卻還是那個站在昏黃的路燈旁邊，一邊哭，一邊為我剝雞蛋的，美麗而清純的少女。

發表於二〇〇六年六月七日《太平洋時報》

尋覓

不知有多少不幸的孩子，生下來就失去了父愛？他們之中，也許有一些生性比較樂觀的，沒有父親也一樣可以快樂地過日。可惜，我從小就揮不掉一個模糊的意念，總覺得我的生活中，欠缺了什麼，也為此而落落寡歡。我不懂得死亡的含義，不能理解那隱藏在背後的哀傷，只纏著母親，要她告訴我，父親生前的種種。每看到別的孩子跟他們的父親在一起，我就覺得好羨慕。

因為失去了父親，所以常想找個他的替身，來彌補我生命中的缺憾。

我小學時候的校長，是個仁慈的長輩。他的夫人是我母親唸高女時候的同學；這個校長大概很同情我的身世吧？所以很疼我；常常有事沒事就叫我到校長室去，問問我的功課，摸摸我的頭。他還指派我每天在朝會上負責升旗的任務。本來，這不是什麼大不了的事，只要拉拉繩子，那國旗就自動升上去了。可是我偏偏連這麼簡單的差使都會出錯，常常國旗升到一半，就不動了；每回還得校長大人幫我解開那糾纏在一起的繩子！雖說如此，他還是每天都派我去升旗，大概是為了表示對我有信心？

後來我大學快畢業那一年，他請了媒人到我家來提親，要我嫁給他兒子。可惜，我母親連問都沒問我一聲就一口回絕了。理由是，她不喜歡那位校長夫人，因為她整日愁眉苦臉的，沒有一點兒笑容；這樣的婆婆，豈是我這種粗枝大葉，笨手笨腳的女孩應付得了的？

我開始上中學以後，每天早上五點多就得起床，然後坐一個小時的火車到嘉義去上學，到了傍晚，又得坐一個小時的火車回家。到了高一那一年，我實在厭倦了通學的辛苦，所以要求母親在嘉義找個地方讓我寄宿。我母親安排了我在她的另一個高女同學家住。他們家是一棟寬敞明亮的日式宿舍，有個幽美雅致的日本式庭院。那家的男主人是個銀行經理，每天上下班都有車子接送。他長得胖胖的，滿臉的笑容，是個很可親的人。大概因為他的獨子一直在外地居住，他又沒有女兒，所以對我很好。他很喜歡古典音樂，每到週末下午，他會放唱片給我聽。每次要買新唱片，他會先問我想要聽什麼，他會去買回來。因為他的指引與啟發，我才開始對室內樂與歌劇產生興趣，也愛上了修伯特的「鱒魚」和「少女與死」，還有莫札特的「費加洛婚禮」和「魔笛」。

他的夫人呢？大概因為母親的一再叮嚀吧？所以很關心我的課業。她每天很早就讓我獨個兒先吃晚飯，然後催著我回房洗澡，唸書。她為我準備的是甚麼呢？總是清湯，素菜，淡飯；我常常都吃不飽。可是我怎麼好意思埋怨？她畢竟不是我的母親。有一夜，我到廚房去取開水，無意中卻看到他們夫婦正在用餐；原來，他們吃的跟我不一樣！有魚又有肉呢！也難怪他們夫婦倆都那麼胖！啊，我多麼懷念母親的烹調！因為離家在外，我才體會到母親做的菜多麼精致可口！原來她的愛心，都灌注在那一盤一盤的菜肴裏！

我實在吃不慣經理夫人的粗菜淡飯，所以那一年暑假過後，我就不願再回她家去寄宿了，寧可每天坐火車來回地奔波。可是，我多麼懷念經理先生的仁慈和愛心；我在他家寄宿的那一年，他真把我當成女兒一般的對待。

我上大二那一年，母親來信說，經理夫婦的獨子竟為了情愛而自殺身亡。我聽了以後，多麼震驚難過！他們夫妻倆，一定心痛如割吧？想著此後的歲月，他們怎麼忍受，怎麼面對寂寞而灰黯的晚年？我本來打算趕回去慰問他們的，可是，想起經理先生可親的笑臉，如今為了失子之慟而充滿了哀傷；想起他們那幢潔淨而充滿陽光的日式房子，那美麗的庭院，如今卻籠罩著死亡的陰影，我怎麼有勇氣重踏舊地？我躊躇了好久，終於因畏怯而作罷。如今回想，真後悔自己的懦弱。

等我結了婚，終於獲得了一個可以讓我叫爸爸的人。我公公和婆婆來過美國三次，在他們居留的期間，我每天把家裏清理得乾乾淨淨，每天絞盡腦汁，做些他們喜歡的菜色。我公公很能体會我的心意，總是對我誇讚不已。可惜，我除了做菜燒飯孝敬他以外，我們實在沒有話說，也找不到其他可以溝通的橋梁。雖說我很欣賞他的善良與坦直，可是心裏卻一直無法把他當成自己的父親看待。我不是沒試過，只是，我從小在腦海裏所塑造的父親的形象，跟他完全不一樣。

我一直尋尋覓覓，卻總是落空。不過，漸漸地，隨著年歲的增長，我終於睜開了雙眼；也悟解到，失去父親，原是命運的安排，誰也無法扭轉。雖說我無緣在父親的羽翼下成長茁壯，可是，我體內流著他的血；我，不就是他生命的延續嗎？

所以，我何苦帶著癡愚，捨近而求遠？我的父親，一直就活在我的心中。

訣別

九月二十日

飛過半個地球，我終於又回到母親的身邊。如今摸著她的臂膀，才兩個多月不見，她又瘦了許多。

回想起孩提時代，母親充滿了我生活的小天地。她教我們兄妹三人唱日本童謠，看兒童漫畫。白天，她為我們準備三餐；晚上，她為我們蓋被，掛蚊帳。有時我們做了調皮搗蛋的壞事，母親就會抓起一根樹枝，追著我們喊打。我們又驚又怕，滿院子跑；有時趁她不注意，就一溜煙躲進屋子裏，鑽到眠床底下去。母親人富泰，不容易彎下身來，所以常常找不到應該受罰的孩子。我們在床底下躲了半天，真是又累又餓又無聊，最後只好爬出來。幸好母親健忘，只忙著為我們挾菜盛飯，哪裏還記得要責罰我們？

如今，她那一身的豐腴，都不知消失到哪裏去了？人變得那麼瘦小，就像個病弱的孩子。我扶著她跨過門檻時，只覺她那麼輕，讓人心驚。

晚上洗過澡後，姐姐把她安頓在輪椅裏；她低著頭，不知在想什麼。好久，她才抬起頭。「我活得已經夠長，對這個世間再沒有什麼眷戀，也沒有什麼期盼。我早該走了，免得給兒孫增添更多的負擔。」

過了一會，她又繼續道，「我走了以後，妳們就用火葬吧？一爐子的火，燒得乾乾淨淨；我不要像妳父親那樣，埋在土裏，慢慢地腐爛。」

我聽了好難過，不禁抬起頭來，瞥了一眼掛在牆壁上的那一幅父親的遺照。不知怎的，每次看到照片裏的他，我心裏就會湧起一股暖意，一絲的渴望；渴望依偎在他身旁。不幸的是，父親死得太早，而我生得太晚，父女如此的無緣，造成了我一生最大的遺憾。

母親隨著我的眼光，也端詳著牆壁上那張灰舊的相片。

「妳看他，戴著那副眼鏡，多麼斯文！妳看他那一身的打扮！又是禮帽，又是燕尾服；多麼迷人，多麼瀟脫！妳看我，牙齒都掉光了，頭髮都變白了，眼睛也花了，耳朵也聾了，而且滿臉的皺紋，身子乾乾癟癟的，像一尊木乃伊。我這樣子，誰愛看？我怎麼跟他比？

「就只有一樣，」我母親微微地笑了，「我比他多活了幾十年。」

九月二十五日

南臺灣的天氣真是可畏，雖已是九月後旬，卻還是熱得令人窒息。幸好今天向晚時分，外面還是亮麗的，卻有一陣一陣的和風從巷子裏吹過，吹散了不少的悶熱。

我看到母親坐在牀沿，低垂著頭，神情那麼寞落，看得我心痛。

「媽，我陪妳出去散步好嗎？妳每天都坐在陰暗的角落裏，心情怎麼會開朗？」

母親抬起頭，茫然地看著我，沒聽懂我的話；我只好又說了一遍，她聽了，只搖頭。

「我在屋子裏好好的，為什麼要出去走？」

「外面天氣那麼好，夕陽那麼美，不出去走走多可惜？」

「我行動不方便，除了看醫生以外，什麼地方也不去。」

「妳可以坐輪椅呀，我推著妳，在巷子裏走一圈也好。」

母親還是不肯。「我這副模樣，怎麼出去見人？不要嚇壞了那些在外面玩耍的小孩子。」

「媽，怎麼會呢？我幫你梳梳頭，不就很好看了嗎？」

她卻不肯，只躺回床上，面對著牆。

九月三十日

我在樓上洗臉，準備要上床了，姐卻上來叫我，「媽有話要跟我們說。」

我拖延了好久，終於才帶著忐忑的心，下樓去。

母親坐在飯桌前，打開了一個小小的珠寶盒；裏面有四支胸針。她帶著歉疚地說，「這就是我的所有了。我活到這把年紀，到頭來，只剩下這點東西，今天就分給你們姐妹倆。」

「妳留下來自己戴吧？還分給我們做什麼？」我不知所措，只笨拙地推辭著。

「我還戴這些呀？」母親笑了，「這種東西生不帶來，死不帶去的；我知道妳姐妹倆從小就很樸素，都不愛戴首飾；我送給你們，只不過做個紀念而已。你們挑兩支自己喜歡的，收起來。我去了以後，你們偶爾取出來摸摸看看，就像看到我一樣。」

我們只好依她的話做了。那兩支胸針，放在手心，沉甸甸的。

母親看著我，微微地嘆了一口氣，「我跟妳很不一樣呢！我從小就愛漂亮，喜歡戴金銀珠寶；高女畢業以後，每天坐了人力車去教書，每個月的薪水全拿了去買衣服，買鞋子。後來結了婚，花錢更濶綽了。

「我以為日子就是這麼過的；我做夢都沒想到，自己一下子成了寡婦？那震驚，那錐心的痛，就像一只手腕被硬生生地砍下來一樣。可是我也沒時間去自悲自憐，因為那時盟軍的飛機天天來空襲，真是讓人茶飯無心，睡也睡不安穩。只是，我心裏雖然害怕，卻根本無法想像，那一群又一群的轟炸機真的有那麼可怕的摧毀力！

「直到有一晚，我親眼看到了我們鎮上那條熱鬧的大街，在霎那間全部都被炸毀掉。我父親的診所和樓房也在一夜之間都變成了灰燼。他哪裏受得了這麼大的刺激？從此就生了病，不到半年也去了。

「我的丈夫，我的父親，兩個我依賴一生的男人，竟然在半年內都離開了人間！只留下了我一個人，帶著兩個小孩子和一個剛出生的娃娃，叫我怎麼辦？我那時心裏的恐慌，就像天塌下來一般！我能找什麼人幫忙？周圍的人都虎視眈眈，就等著我投降，等著我倒下來。

「可是我怎麼能倒下來？倒下來了，我的三個孩子怎麼辦？那時盟軍的飛機還是天天來，天天炸。家裏一無所有，都沒得吃；別人去鄉下農家偷買雞鴨回來吃，我也去了幾趟，可是卻連一只雞蛋也買不到！你們三個孩子餓得頭顱越變越重，眼睛越變越大；三對大眼睛，整天跟著我轉。

「我不知道自己是怎麼熬過來的。我什麼都不懂，什麼也不會；你們三個又多病多災，病個沒完。我一天又一天地掙扎，每天都想放棄；每天晚上躺下，只希望第二天不要再醒來。

「幸好，大戰終於結束了；你們也都順利地長大成人。可是，一大片的家產也都吃光了；什麼樓房，什麼田產？如今就只剩下這四樣首飾了。我現在分給你們，只不過是做個紀念而已。」

十月三日

已到了歸期；回想這兩個禮拜的日子，似是那麼漫長，又好像轉眼之間就過去了。我自己都搞不清，這次回來，到底是為了什麼？為了平撫心中隱隱的鈍痛？還是為了減輕心裏的歉疚？自己二十幾歲離家，把母親留在故鄉，讓她一個人過著寂寞，孤單的歲月。如今，幾十年已過去，我才辛辛苦苦地奔波，回來看她。到底，我能補償什麼？對母親有什麼好處？我無法分擔她的痛苦；更無法真正體會到她在走向人生盡頭的此刻，心裏到底是悲哀，是絕望，是畏懼，還是釋然？

吃過早飯後，母親回床上休息，我悄悄地走過去，在她身邊躺下。

她那麼輕，那麼小，她的生命就像一根游絲吧？若有若無地懸在風中，隨時會被吹斷。沒多久，她就醒來了，「妳今天中午就要走了？」

我點點頭。

我們母女倆就這樣緊靠在一起，靜靜地躺著。

不知什麼時候，外面下起雨來了，母親望著從落地窗滑下來的雨水，伸出手，摸了摸我的臂膀，微微地笑了。

「妳小時候性子好怪，每次下雨，一定要跑出去，非淋得全身濕透不肯進來。妳為什麼那麼喜歡淋雨呢？」

我茫然地搖頭。「那麼久以前的事，我一點都不記得了。」

「妳小時候的事，我都還記得。妳是個沒有父親的孩子，所以被我寵壞了。」

我點點頭。「這個我知道。」

雨下個不停，姐卻一直在催我上路。

「妳什麼時候才能再回來？」母親問。

我說，「今年的假期都用光了；只好等明年春節了。」

母親想了半天，才說，「妳這一走，我再也看不到妳了。」

淚水，在她的眼裏滾動著。我攬著她的腰，把臉埋在她的肩頭。

良久，我才抬起頭，「媽，我走了。」

她扶著門框，默默地和我招手。我們母女倆，就這樣，在雨中道別了。

家居生活

冬天花不開

若說人生的旅程就像一年的四季吧，那麼我早就度過了春天與夏天，而秋天也已近尾聲；轉眼間，葉黃草枯，冬天就在眼前。冬季，多麼沉寂而蕭條；尤其在風雪交加的日子裡，讓人覺得孤寂與灰黯。

有人說，冬風像悠長的音樂，雪片像飄逸的花朵；這種話雖然很富詩意，卻只適合於年輕人。因為人老了，誰不怕冬天？冬天花不開，了無生趣。人老了，百病叢生，不良於行，也了無生趣。可惜這兩種自然的現象，誰也躲不過。唯一不同的是，冬天去了，春天還會再來；可是人一旦老了，再也沒有回春的希望。

到底老年的定義是什麼？老年期該從哪一個年歲算起？可以說，它隨著時代而轉移吧？在我們祖父的年代裡，人活到六十歲就已白髮蒼蒼而齒牙動搖，就自稱是「老叟」了。但是半個世紀後的今天，我們這一代有誰肯認老？都說七十歲人生才開始。你沒看到那些年紀已過七十的人嗎？他們都還蹦蹦跳跳，唱歌跳舞打球；男的染頭髮，女的打扮得花枝招展，看起來跟年輕人差不了多少。可惜的是，你不認老，別人並不一定這麼想。你的老闆早就在盤算，等你一退休，他們就可以找個年輕小伙子來補你的缺；這就叫後浪推前浪。也許他們乾脆將你的職位淘汰掉；讓你覺得這些年來的努力，其實全是多餘。

我在一間常春藤大學上班，每天看看書，打打電腦，工作很單純。對我來說，上班族最大的困擾是每天八個小時都得坐在辦公室裡，動彈不得，哪管外面和風日麗，出著大太陽？但我心想，還是熬下去吧？等做滿二十五年，我就可以理直氣壯地領取退休金，然後逍遙自在地為自己而活了。

去年春天，我終於度過了這一段人生的旅程碑；學校也送給我一張精緻的椅子做為我服務二十五週年的紀念。我的願望既然已達到，本該就辦退休；然後隨心所欲地遨遊世界！

可是人生不如意事何其多，連我那麼單純的願望也無法實現；因為就在這個當兒，美國的經濟突然之間垮了下來。緊接著，世界各國也像骨牌效應，一個接一個東倒西歪，都站不起來了。我本來還慶幸呢，認為自己一向是個穩扎穩打的人，從來不鋌而走險，也不投機取巧，所以這世界性的經濟蕭條跟我不相干。哪知，我這想法未免太天真；因為有一天，我接到了春季的財務報告，打開一看，才發覺自己那一筆退休金，竟然有三分之一以上不見了蹤影！都莫名其妙地隨著流水而一去不返了。多麼不可思議呀，這種事竟會發生在我身上！但事實擺在眼前，養老金驟減，叫我怎麼度晚年？

我滿心的沮喪，左思右想，又和丈夫孩子討論了許久，終於在無可奈何的心情下，決定把退休的念頭暫時擱置一邊了。

我的丈夫，兒子和媳婦都安慰地說，「妳也別難過，其實退休不退休，對妳來說大概沒什麼差別吧？反正妳在學校也是看書，退休以後，在家也是看書；倒不如繼續上班更划算。」

只有我的女兒能體會我的心，她知道我幾年來盼望的是擺脫上班的束縛，過著逍遙自在，無憂無慮的日子。

但我別無選擇，只好每天照常去上班了。心想，再拖一些時日吧？說不定一年半載以後，情勢會好轉？那時再退休還不晚。

可是日子一天天地過，經濟卻不見好轉，失業的人也越來越多；他們一路跌跌撞撞地掙扎著，滿心的悲苦與惶惑。我深深地感嘆他們的處境，也感染到了他們無助的心情；只覺得這個世界突然變得灰暗，無望。

就這樣，眼看夏季已來到。有一天，我接到了一封從校長那兒送出來的伊妹兒；信中說，我們學校的捐贈基金（endowment）在短短的期間內虧損了六十億美元（$6 billions）。學校措手不及，本來籌劃好的預算完全走了樣，成了滿紙的赤字。為了彌補那窟窿，學校只好發佈緊急措施，要求每一個科系的預算都必須削減三分之一，所有教職員的薪水全部凍結，兩年內不加薪；節慶時校內舉辦的野餐，音樂會，晚會，茶會也全部取消。但學校最顯著的一項措施是鼓勵年紀大，資歷深的教職員自動退休，獎金是一年的薪水。不過有個附帶條件，凡是選擇退休的人，要事先與上司斟酌商量，看工作上的需要，再決定退休的日期；最早在二〇〇九年十月，最遲在二〇一〇年六月底就必須離開工作崗位。這是學校有史以來第一次嘗試這種裁員的方式。

雖說退休是出於自願，但這新穎的辦法卻在校園裡引起了很強烈的反應；有的歡欣，有的三心兩意，有的置之不理，有的憤恨不滿，認為學校不該施壓力，強迫他們退休。而我呢，就像一個口乾舌燥的人，突然看到天上掉下了甘霖一樣；多麼歡躍的心情！我只想到，退休以後一整年都不用上班，卻照樣有薪水可領！天下哪有這麼好的事？這麼難得的機會，我怎可錯過？

可是過不了一個月，辭呈都還沒遞上去呢，我那興奮的心情就像漏了氣的皮球，漸漸地消沉了。我細細地分析了一下自己的情況，這才覺悟到，學校把我們這些年紀超過六十歲的教職員看成是無用的朽木吧，早想把我們趕走了？於是趁著經濟大蕭條的機會，撥出一點錢，用來賄賂我們，讓我們以為吃到了甜頭，也就心甘情願地被他們牽著鼻子走了。

我每天這麼鑽牛角尖，酸甜苦辣的滋味在心裏攪拌著。我一再地自問，到底要不要退休？若為了賭氣，乾脆就不退休算了，狠狠地繼續撐下去，看學校能對我怎麼樣！可是退一步想，我又躊躇了；幹嗎要耍賴皮？何苦跟自己過不去？何必奴役自己？

我這麼翻來覆去，內心的交戰與掙扎，實在很疲累。

幸好我是個樂觀的人，沒多久，我就想通了，也看開了。我才不管別人怎麼看待我，反正我已下決心要退休；學校既然願意贈我一筆錢，我當然樂意接受！這樣不是皆大歡喜嗎？

如此下了決心，於是我在去年八月中遞上了辭呈，表明我今年一月要退休的打算。怎料，我的上司卻不答應，反而要求我多做半年，等六月底再走。我思量了幾天，就答應了。其實並非我好心，願意幫忙，而是自己心裏充滿了矛盾，進退兩難。我想退休，可是也深愛這個學校，一旦要離開，大概會一步一回頭？

以前我只嚮往著退休的日子，可是退休以後的日子該怎麼過？我每天早睡早起，數十年如一日；一旦退休以後，我還那麼早起幹什麼？吃完早飯，看完報紙以後，該怎麼辦？要做什麼事？一天那麼漫長，我怎麼去打發？

記得當年隻身來美時，那離鄉背井的心情，就像迷失在荒野中。如今，我要面對的是一生中另一個極大的轉折；我是不是能處之泰然？或者心裏只覺空蕩而迷茫？退休的日子，是不是變得毫無目的，只任憑光陰虛度？

如今離退休的日子只剩下短短的兩個月了，雖然我每天仍舊照常上班，心情卻與平時完全不一樣；是與世無爭的平靜與超然。畢竟，我已成了局外人，周遭所發生的事都與我不相干。每天在校園裏散步，我不再覺得快樂，只覺孤單。因為我知道，再過不久，眼前的一切都只成記憶中的片段。

我無法預知，退休以後的日子會是什麼樣；我真能逍遙自在，無憂無慮嗎？或者每一天都是灰黯而冷寂，就像那不開花的冬季？

原載於二〇一〇年五月七日《臺灣公論報》

卡內基湖

我在普林斯頓大學工作了二十多年，似乎每天清醒的時刻都在那裡度過；因此，很自然地對它產生了深深的眷戀。只是，近幾年來，那美麗幽靜的校園逐漸地改變了它的面貌——一幢又一幢的新建築把原來寬廣的草坪與幽深的樹林子都吞噬了去。舉目所望，不是東邊起了高樓，就是西邊在挖地基，那混亂與吵雜從未間斷；使我們的生活規律也受到了影響。本來好好的戶外網球場，如今已不見了蹤影，取而代之的是一座看起來像中世紀古堡的學生宿舍。本來我停車的地方，如今已蓋了一座分子生物學的實驗室。本來我的辦公室斜對面是一片清幽而寬廣的草地，四周有山茱萸環繞；那是學生徜徉，休憩的地方。三四年前，我眼看著那些山茱萸樹被砍掉，那一片綠油油的草地也被挖成了一個巨大的窟窿。然後一座建築漸漸的成形了；它像一棟巨型的違章建築；尖聳的，閃閃發光的鐵皮屋頂，奇形怪狀的玻璃窗，歪歪斜斜的門牆。這棟剛剛落成的科學圖書館是著名的建築師Frank Gehry設計的。我曾以不同的角度，裡裡外外地看了多少遍，卻一直無法體會它的美，也看不出它有什麼吸引人的地方。

校園裡高樓一天天增加，我們停車場也漸漸地被往外移，如今已經遷到校區的邊緣；學校只好用校車接送我們了。

可以說，整個校園大概只有卡內基湖還保持了它的原貌。

到底卡內基湖在哪裡呢？如果你是第一次來到普林斯頓，那麼你從一號公路轉彎進來，經過一條茂密的林蔭大道之後，眼前就是一座拱形橋；過了橋，就到了校園。而橋下碧綠的流水，便是卡內基湖。

卡內基湖是一座人工湖，一九〇六年鋼鐵巨子Andrew Carnegie（Andy Carnegie）出資$118,000，建造了一座水壩，把流經普林斯頓鎮的兩條河匯流的地方堵住，讓河水聚積成湖。這座湖有八百英尺寬，三個半英里長；建造這座湖的目的是為了讓普林斯頓大學的划船校隊有個練習的所在。

在湖泊落成的那一天，卡內基特地到普林斯頓來參加典禮；他走到途中，突然聽到了一陣歌聲，原來是一群學生在歌頌他：

Carnegie, Carnegie
He is giving us a lake

You can hear the breakers break;
Carnegie, Carnegie
Andy, Andy, you're a dandy
Carnegie.

卡內基聽了，開懷大笑了起來。

威爾遜校長趁機向卡內基遊說，希望他捐贈一筆錢給學校當基金。

「我已經捐了一座湖，夠了。」卡內基回答。

威爾遜埋怨道，「可是，卡內基先生，我們需要的是麵包；你卻送給我們一塊蛋糕。」

可惜卡內基不為所動；不肯再掏腰包。

卡內基湖離我家很近，開車上下班都由湖濱路過。每天，不管是在麗亮的晨曦中，或在夕陽耀眼的光芒下，我都會看到不少船隻點綴在湖上；又有一些野鴨在水中啄食嬉戲，那麼悠然自在，讓人神往。若是碰到濃霧彌漫的清晨，湖上氤氳迷茫，籠罩著神秘。

湖的東岸是一座州立公園，那裡有一條繞湖而行，寬廣的林蔭步道；步道的另一邊則是一條古舊的運河，百年前是用來運輸貨物的，如今卻成了遊客划船的水道。每到早春，湖邊的千花萬樹才剛吐出新芽，鎮上的居民就一窩蜂地攜兒帶女到湖邊去野餐，划船，騎腳踏車，遛狗或散步。我們夫婦倆有時心血來潮，也會到那裡去跟人湊熱鬧。只見那柳蔭樹影下，三三兩兩的行人；還有那些蹦蹦跳跳的小孩子，雀躍歡笑地爬著樹，撿松果，拾葉子，就像到處奔竄的小松鼠一樣。放眼望去，湖光水色，顯得悠遠而迷人。這公園，這湖色，這人群，不就像一幅風景畫嗎？

沿著步道往前走，就會看到一座很別致的木橋。那座橋，有一種讓人無法抗拒的吸引力，使人忍不住想跨越，使人流連忘返。有一些人乾脆帶了釣魚竿，站到橋上，就這麼垂釣起來；引來了多少過往的人羨慕的眼光；都要駐足觀看，還要好奇地探看一下，釣到了多少？

到了秋季，遊人更多了；因為環繞著湖岸那數不盡的，形形色色的樹，每到天氣一轉涼，就爭豔般地換上了色彩斑爛的秋衣。那迷人的仙姿，那奪目的燦爛，與湖中的倒影上下煇映。

可是天一冷，這座湖就變得很沉靜，再也沒有人跡。偶爾逢到酷寒的天氣，湖水結了一層厚厚的冰，這時才會有一些大人帶了小孩到湖上滑冰；當然那又是很難得的一幅歡樂的情境。

我想，當年卡內基決定要捐錢建造這座湖的時候，他一定做夢都沒想到，一百年以後的今天，還會有這許多人，因為他的慷慨解囊而享受到這麼多的生活情趣。

原載於二〇〇九年二月二十日《臺灣公論報》

含飴弄孫

春節快到了，我們一家人又要同聚一堂，熱熱鬧鬧地慶祝一番。真該慶祝的；我們夫妻倆，在一年之內又增添了兩個孫子！當然，這都是媳婦跟女兒的功勞。本來我媳婦有了兩個女兒：六歲的凱瑟琳，和四歲的珂萊拉，她已很滿足，可是我的兒子卻渴望有個兒子；我媳婦不得已，只好第三次當媽媽了。怎知，千辛萬苦，生下來的，竟還是個女兒！他們為她取了一個名字，叫「卡珊」。我們卻替她取了個綽號叫「多多」。

我的女兒呢，她本來已經有兩個兒子：四歲半的瑞安，和不到兩歲的瑞泰；可是她還是不滿足，非生個女兒不可。她說，沒有女兒，就沒有人可以說知心話；將來老了，也沒有個依靠。怎知，她千辛萬苦，生下來的，竟還是個兒子！他們為他取了個名字叫瑞凱。我們卻替他取了個綽號叫「小多多」。

如今，兩個小娃娃都已經半歲大，性子都很好，不哭，也不鬧。大概平日在家一直不被放在心上吧？所以只要有人過去逗一逗，他們就欣喜萬分，咯咯地笑，手舞足蹈了起來；真是一個小可憐，一個小養女一般。我看了不免心痛，常要把他們抱起來，親親他們的臉頰，聞聞他們的乳香。可是我的一點點愛，都無關痛癢？

與兩個小「多多」一比，六歲的凱瑟琳真佔盡了便宜；她先來早到，在我們心田中佔了很大的一片領地。她小時候很難纏，怎知，一轉眼之間，她竟已是個柔順，嫵媚的小姑娘！不但很懂事，而且說起話來，有條不紊，又很懂得外交辭令，讓人刮目相看。

年初，當她猜到她媽媽又懷孕時，她心裏很不平衡，覺得被父母摒棄了一般。她牽著妹妹的手，一塊兒去問她們的媽媽，「為什麼妳還要再生小寶寶？妳是不是不喜歡我們了？是不是嫌我和妹妹不乖？是不是我們使妳不快樂？」

真沒想到，一個小小的女孩，竟會有那麼細的心思，那麼敏感的反應。

不過，有時候，她仍會顯出小孩子的天真。

有一次，人家問她，「What are you?」

她回答道，「I am half Taiwanese, half German.」隔了片刻，她又補充地說，「and half English.」

人家問她，為什麼有這許多個半？她回答道，「我阿公阿嬤說臺灣話，我外公外婆說德國話，我的爸媽說英語。」

凱瑟琳還學小提琴，可惜她的演奏技巧實在不敢恭維；簡直像小雞被割著腸子一般，不忍卒聽！

可是她的運動神經卻是頂呱呱；春天裏，她換上一身足球制服，要向阿公挑戰；於是一老一小，在後院裏追逐嬉笑，滾成一團。到了夏天，她又穿了一身的壘球制服，要來挑戰；於是老的當投手，小的當打擊手，嘩啦嘩啦地打，大聲地呼叫歡笑。瑞安看得有趣，要加入，珂萊拉也要加入，於是三個小蘿蔔頭，排隊輪流上陣，老的小的，打得滿身大汗，叫得越來越大聲，笑得滾在地上。

到了冬天，全班人馬搬到地下室，照樣打壘球；他們樂此不疲，一天要打好幾場。幸好他們用的是空心的塑膠球，雖然打得砰砰響，卻也沒有損壞牆壁和天花板。

我們的外孫瑞安，長得眉清目秀，個子卻小小的，因為不喜歡吃飯。他卻愛下棋，小小一個腦袋，裝滿了黑白棋子。每次回家，就纏著要外公教他下圍棋。可是，一個四歲半的孩子，有多少的腦力，可以領會到棋盤上所謂的「兵來將擋，水來土掩」的謀略？也難怪每次下完棋，他就捧著頭，一副不堪負荷的可憐模樣！

瑞安本來有個冤家，那便是表妹珂萊拉。他們倆年齡相近，一見面就吵架；怎知，感恩節和聖誕節見面，兩人竟玩得很開心，有說有笑。珂萊拉這孩子，長得像洋娃娃，卻又有一副小男孩的氣概，一點都不像她姐姐的甜美柔順。不可思議的是，她父母竟送她去學太空道！

如今，她最得意的是表演她的武術！先威風凜凜地發出「咳咳」兩聲，掄起拳頭，擺出武者的架勢，然後拳打腳踢了起來！我常被她惹得前仰後合。

還有那個兩歲大的外孫瑞泰，他好吃好睡，所以長得圓圓胖胖的，跟他哥哥完全不一樣。他屬猴，喜歡嘰嘰喳喳地說個不停，卻又口齒不清，所以聽他說話，簡直跟猜謎語一樣。他常常拉著外公的手不放，要玩捉迷藏。於是一老一小，滿屋子跑；那笑聲，充滿了全屋。

去年夏天，我們全家曾到緬因州的海邊住了幾天；那份樂趣，令人難忘。

如今，我們都等不及夏天趕快到來，可以重游舊地。想像中，我們一家人，六個大人，六個小孩，有的穿游泳褲，有的穿比基尼，有的穿尿片，一字排開來，都迎著陽光，望著海浪。等浪花沖過來時，做阿公的一聲令下，大大小小，一齊跳起來，於是滿身濺溼了，笑開了。

發表於二〇〇七年二月十六日《臺灣公論報》

婚事

事情是這樣開始的。

那一天，暑熱難當，我心想，這種天氣在後院烤肉不是很棒麼？既好吃，又省事，又不用我親自動手。

怎知，等了又等，太陽都快下山了，家裡的兩個男人卻仍沒有一點動靜。女兒捱不住，只得催道，「爸，我好餓！」

兒子也說，「是呀，爸，你是一家之主，烤肉是你份內的事。」

我丈夫馬上反駁道，「你長得又高又壯，吃起東西來也比別人多，當然該你出去生火烤肉。」

兒子無可奈何，只得挑了後院一棵大樹下的蔭涼處，獨個兒揮汗，準備一家的晚餐。

我從後窗望著他，未免心疼了起來。

我哪知道，這個兒子也不可靠？他只把牛排烤了半熟，就探進頭來說，「爸，你來看火，我有事出去一下。」

說著就一溜煙跑了，攔都攔不住。

丈夫白了我一眼，埋怨地說，「都是妳的好主意！」

我只得賠笑地提醒他，「你是一家之主，烤肉本來就是你的事嚒。」

他也懶得跟我計較，就一個人到樹底下去站崗了。等他烤好了肉，天氣也轉涼了些，才見兒子慢條斯理地回家來了。

我不免有氣，於是大聲地質問他，「我以為你去買啤酒，怎麼去了大半天，到現在才兩手空空的回來？」

他咧著嘴，開心地笑了，「我到安家去了；我去向海佳求婚。」

咦！怎不叫人震驚！婚姻這麼天大的事，怎麼可以在烤肉的當兒，忽然心血來潮，就匆匆地跑去向一個女孩子求婚？

兒子卻笑嘻嘻地解釋道，「誰說我是一時的衝動？我已經想了好長一段日子了，只是一直沒有勇氣開口罷了。」

「你怎麼今天突然有勇氣了？」

「我在烤肉的時候，想到結婚的事，也聯想到爸爸的婚姻生活；他每天早上去上班，每天晚上就有人做好了他喜歡吃的菜，專等著他回來。他週末去打球，打累了就有人替他揉肩捶背。我想，過這樣的日子也挺寫意的；做這樣的丈夫也不難。所以我就丟下了火鉗子，跑到安家去求婚了。」

「可是海佳答應了沒有？她肯嫁給你嗎？」

我兒子大聲地笑了。「怎麼不肯？她聽到我求婚，雙腳都軟了，哪裡還站得住？竟然跌坐到沙發上去！」

如此這般，我們那個又傻又天真的兒子就這麼懵懵懂懂地跨上了婚姻之路。

自從我兒子訂婚的消息傳出去以後，每遇到朋友，人家不免要問，「快要做公婆了，多好命啊！你們一定忙得團團轉！」

「有什麼好忙的？」我們總是這麼回答。說真的，我們一點都不忙，就像無事人一般。況且婚期還遠呢，還有將近一年的時間。

然後到了秋天，有一晚，海佳抱了一本厚厚的書來找我。她說，「陳太太，妳和陳先生，還有我自己的父母，都是外國人，都是第一代的移民；我想，我們兩家人對美國的習俗並沒有很深的了解，所以我去買了這本書，今後有關婚禮的細節，我們就依照書上說的去做；妳認為怎麼樣？妥不妥當？」

我接過書一看，不得了，竟有八百頁；又全是洋文！

「海佳，這麼厚一本書，叫我從哪裡開始？妳乾脆把書裡面一些重要的章節說明給我聽，不就解決了嗎？」

我那準媳婦乖巧的很，她很有耐心地解釋道，「一般來說，婚禮的籌備和費用都由女方負責；只有婚禮前一天的rehearsal dinner和蜜月旅行由男方負責。」

我聽了，不免長長地舒了一口氣；果然傳言沒錯。在美國娶媳婦很輕鬆，既省錢又省事。

海佳又繼續說，「不過現代的人都不那麼拘泥形式了，我希望妳和陳先生能隨時提供你們的意見和想法；我們有問題的話，也可以找你們商量。因為這個婚禮並不只是阿文和我的事；這是我們兩家人的事。譬如說，請帖的顏色和花樣，蛋糕的風味，樂隊奏的曲子，還有新娘禮服的款式……」

我聽了，嚇了一大跳，忙搖著雙手說，「海佳，我認識妳這麼久了，難道我還信不過妳麼？婚禮的一切大大小小的細節，就由妳跟妳爸媽全權決定了；到了婚禮那天，我們會以賓客的心情，輕輕鬆鬆，歡歡喜喜地去參加。」

「說到賓客，我倒有一件事想跟妳商量，」海佳說，「妳也知道，宴席的場地很小，只能容納一百二十個人左右，妳和陳先生可以邀請四十個客人，我爸媽四十個，我和阿文也四十個，妳覺得這樣分配公平不公平？」

我心想，只能邀請四十個客人？這怎麼夠？請帖發出去以後，不知道要得罪多少朋友。可是心裡叫苦，嘴上卻連聲地說，「公平，公平。」

海佳向我道了謝，又想了好一陣子，才躊躇地說，「陳太太，妳也知道，我是家裡的老大，底下還有一個弟弟，兩個妹妹，雖然這本禮儀書上說的很清楚，宴席的費用該由女方負責，不過，若是我爸媽為了我的婚事而負債，我也於心不忍，對我底下的弟弟妹妹也不能交代。所以我想，如果妳和陳先生不在意的話，你們請的那四十個賓客就由你們來負擔？」

我想了想，她的要求也算合理。

「沒問題，」我說。

「還有阿文和我的那四十個客人呢？」海佳又進一步地試探。

我笑了。「你們要不要去蜜月旅行？」

她點點頭，「去是當然要去的，只不過我們還沒有決定要去夏威夷或日本。」

「這樣好了，你們的蜜月旅行由我們負擔，你們那四十個客人就由妳爸媽負責；妳說這樣公平不公平？」

我想，我所以那麼喜歡海佳，是因為她態度端莊，頭腦清楚；對她的父母更有一片真摯的孝心。

在往後的一年中，海佳不時發簡報，讓我們知道婚禮準備的進展。

「花訂好了。」

「攝影師請好了。」

「宴席的菜單選好了。」

「樂隊也訂好了。」

「蛋糕和新娘裝也選好了。」

「禮堂租到了，牧師也請到了。」

每次聽到她的報告，我總是又欽佩又得意；心想，這麼能幹的媳婦到哪裡去找？

卻有一些直腸子的朋友當面問我，「妳兒子要娶洋媳婦，妳會不會覺得遺憾？是不是很不滿？」

老實說，如果我兒子平日不聲不響，有一天卻突然帶了一個陌生的女孩回家，要我認她為媳婦的話，我一定會很傷心，也根本無法接受吧？可是海佳那女孩子，我已經認識她不只十年了；她和我兒子青梅竹馬，從小學就同班，經常吵架，年年爭名次的。尤其是最近這五六年來，我經常見到她，常一道吃飯，聊天，說笑，還一塊兒遊法國。可以說，每次見到她，我心裡就會湧起溫暖，親切的感覺。我早已不再注意到她皮膚的粉白，她眼睛的灰藍，她頭髮的淺棕。我只知她是我兒子的心上人；我只知她是個善良誠實的女孩，工作認真，舉止端莊；她也不抽煙，不賭博，不喝酒，也沒有其他不良的習性或嗜好。我們能夠娶到這樣的媳婦真是夠幸運的，怎麼還會覺得遺憾呢？假若兒子娶的是我們自己人，天天只懂得坐在鏡子前面梳妝打扮，天天使性子，或上賭城去消遣時光，我會不會傷心遺憾呢？

婚禮那一天，正值仲夏，滿以為八月天必是汗流浹背的炎熱，怎料，竟是風和日麗，天氣宜人。而婚禮的進行也是順利而完美。它就像一首節奏輕快，韻律優美的鋼琴曲，在心中繚繞，使人回味無窮。

那天晚上，新娘子的父母在他們家後院又舉行了一次夜宴。宴會中，海佳拉了我們夫婦倆去欣賞她父親最得意的玫瑰花園。

「陳先生，陳太太，」海佳說，「我今後還叫你們陳先生和陳太太嗎？」

「隨便妳，」我們說，「只要妳覺得自在，我們並不苛求。」

「我很想叫你們爸爸，媽媽，只是叫不出來。」

「我不怪妳，」我笑著說，「妳和我們長得一點也不像。」

「可是今天我和阿文結了婚，他的爸媽就是我的爸媽了。」海佳羞怯地說，「我叫你們爸媽，好不好？」

我們聽了，都很寬慰；畢竟，她是個懂事知理的女孩子。

「海佳，」我丈夫說，「歡迎妳進陳家的門。」

我的自白

記得上小學時，我們學校有個圖書室；裡面只有一座書櫥，擺的是些童話故事書。那些兒童書大概值不了多少錢吧？可是對我們那個資源貧乏的國民學校來說，卻很寶貝，都上了鎖。我常常在書櫥前面留連不去，卻從來沒有機會借到書。

上了嘉義女中後，學校的圖書館書很多，可以隨便借回家看；我真是如魚得水，整天沉浸於小說的世界裡，而把那些沉悶的教科書都擱在一邊了。我還喜歡到閱覽室去翻閱雜誌，看的無非是中文版的「讀者文摘」和當年很流行的「皇冠雜誌」。那時的我，以為自己已跨進了「文學」的殿堂。

上初二那一年夏天，我姐姐從臺北回家渡假，她特地向同學借了一本書回來，要我看。原來那是一本翻譯小說，書名叫「猩紅文」，真是奇異古怪的名字！我花了一個星期的時間才看完它。我只記得故事很吸引人，可是有許多曲折的情節我根本搞不清。畢竟，一個小孩子怎麼懂得那錯綜複雜的男女關係？怎麼可能瞭解作者對於人性的描寫？

等上了大學，我才知道原來那本書的英文書名叫「A Scarlet Letter」，是美國作家Nathanial Hawthorne的名著。

雖說我在中學時代根本沒看懂那本書，可是它卻啟發了我對外國文學的興趣。那時我們學校為了鼓勵學生養成閱讀的習慣，在教室裡擺放了不少中國古典文學名著，如《三國演義》，《水滸傳》，《西遊記》和《儒林外史》等，希望能引起我們的興趣。我曾試過幾次，卻都中途而廢了；只覺那些書的筆調千篇一律，內容枯燥無味，每個角色都那麼窮酸迂腐，讓人只想打瞌睡，實在提不起興致。後來我乾脆只看翻譯小說了。只覺那些外國小說，情節生動而有趣，一點都不乏味。

我在嘉義女中就這麼混了六年；有一天，我的級任老師不辭辛勞，坐了火車到我家去訪問。

我母親藉這個機會詢問，「老師，聯考快到了，妳覺得我女兒有沒有上榜的希望？」

我那導師是教我們生物的，她躊躇了老半天才說，「恐怕不樂觀呢，她三天兩頭就鬧胃痛，常常請病假，不上課。」

我母親覺得很丟臉，事後她威脅我說，「妳就不要升學了；乾脆去當店員吧？」

「媽，妳別信老師的話，我沒有她說的那麼差；我只是不屑上三民主義，也覺得生物課很無聊，所以常常偷跑出去看電影罷了。」

「妳有甚麼打算？想當店員吧？」

「我不知道呀；妳說呢？」

我雖然天生的任性與疏懶，但面臨緊要關頭，也懂得振作。結果，我考上了台大法律系。那份得意！整個夏天都像飄浮在雲端。

母親也高興，她說，「唸法律系嚒？倒也蠻合適；妳平日喜歡跟我拌嘴，將來畢業以後，出來當律師，可以整天跟人抬槓。」

我是帶著怎樣崇高的志願，抱著怎樣無盡的野心走進大學校門的。可惜的是，好景不長，我上了一年法律系的課程，才恍然大悟，原來自己根本不是讀書的料子。什麼憲法啦，民法啦，我完全搞不懂。明明白紙上印了黑字，明明每一個字我都認得，可是把那些字堆疊在一起，成了一個句子，成了一段文章，我就不知所云了。我不是沒試過，卻實在無法抓住文章的含意；那種失落與挫折感，至今回想，還心有餘悸。

果然，年終期考完畢，我就知道災情慘重了，大概逃不過被留級的命運。我每天在家窮緊張，像等待被判刑的囚犯。幸好成績單寄來以後，我一看，每一門跟法律有關的學科都險險地掛在六十分的邊緣，唯獨憲法一科沒逃過。我實在很洩氣，也沒臉在家待下去；於是匆匆地坐火車北上，躲回學校去了。我在宿舍裡一邊準備補考，一邊申請轉系。幸好校方很有仁心，一點也不刁難；結果我不但通過補考，而且順利轉到外文系去；真是謝天謝地！

我怎麼去描述在外文系那三年的感受呢？可以說，如坐春風吧？讀書，成了一種樂趣。西洋文學史，英國十九世紀小說，美國散文，英詩，美國小說，希臘神話，希臘悲喜劇，荷馬史詩……在我的心目中，每一個科目都是那麼吸引人，有的就像春風，像陽光，像新鮮空氣，像碧綠的海灘，使人嚮往，使人陶醉。有的像高山，等待你去攀登；有的像森林，等你去探險，向你挑戰。

如果說，研讀這些文學作品也算是做學問，那麼做學問可說是一種陶冶身心，增添生活情趣的追求；我一點都不在乎。況且有那些教授熱心的指引，使我懂得如何做有系統的研究，如何挑出每一個作品的精髓；如何瞭解每一個作家的特點與筆調。

我想，求知是一個人自身的需求，是精神上的提昇，是一種至高的享受。

大學畢業以後，我不知天高地厚，野心勃勃地隻身到美國來繼續研讀英國文學。如今回望，不禁嘆息；當年的我，多麼天真！我憑什麼去跟美國人競逐？畢竟，英語是他們的母語呀！他們一齣莎士比亞的戲劇，只需花一堂課的時間去分析研讀，就算完了事。哪像我在大學時，整個學期只讀了兩齣劇？那課堂的進程速度，無異是龜與兔的差別了。單是莎士比亞還不打緊，最讓我頭痛的一堂課是「字源學」。這門學科，我在臺灣根本沒聽過，更甭提有任何的瞭解了；它的枯燥無味，艱深難懂，使我畏怯。結果只讀了兩個月的研究所，我就逃之夭夭了。

其實我逃離學校，不只是因為無法面對課堂裡的挑戰，更因為口袋的拮据，給了我雙重的壓力。於是不告而別，逃到紐約去打工；心想，先賺點錢，隔年再轉校轉系，另起爐灶吧。

怎料，剛到紐約，就有不少孤魂野鬼似的單身漢上門來了。這些留學生長期住在紐約，都已經有了一把年紀（至少也在三十而立的年歲了吧？），都在物色對象；偏偏當年女留學生奇少，實在沒得讓他們挑，如今聽說有個新面孔出現，於是都爭先恐後來報到，想看看廬山真面目！那一陣子，我可真風光！可惜，我這副長相！沒多久，那些單身漢都被我嚇跑了；只有一個留下來。於是我來個急轉彎，把求學的野心與抱負都擱在一邊，而心甘情願地擔當起了妻子，母親，和家庭主婦的責任。

可以說，結婚以後的日子過得很輕鬆，也沒有什麼煩惱。於是漸漸地，我又舊病復發了，一有空就抱著書看。那一陣子，我每隔幾天就帶著孩子到鎮上的圖書館去借書；借的無非是些暢銷書，言情小說等等；書讀得很雜，沒有一點兒頭緒。屈指算算，才幾年的光陰？我已經把大學時代教授們的教誨與指導都拋到九霄雲外去了。我什麼書都看，都囫圇吞下去。我看的無非是毛姆（Maugham），約翰奧哈拉（John O'Hara）及莫理哀（Daphne du Maurier）的小說，完全是為了消遣，為了打發時間而已。遺憾的是，我當時只顧自己看小說，卻很少花時間唸書給孩子聽，藉此啟發他們的心智，鼓勵他們讀書的習慣。如今回想，不免汗顏。

等孩子進了中學，我才又回到研究所去修課；不過，我已學乖了，不再好高騖遠，不敢懷抱什麼野心大志；只選擇了實用的圖書館系。兩年以後，我順利地取得了碩士學位，也在附近一家大學的東亞圖書館找到了一份職位。從此，我開始了「讀書人」的生涯。

我為什麼用「讀書人」如此美好的名稱來標榜自己呢？不為別的，只因我每天的工作就是看書。我們的圖書館每年花幾十萬塊，買進了幾千冊的中文書；這些書包羅萬象，有西洋的文學、歷史、哲學與地理，但大多是有關中國與日本的文明（包括歷史、地理、文學、哲學、考古、天文等等）。那堆滿了倉庫的書，都需要有人一一過目，而且還要有系統地依內容去歸類；否則怎麼知道哪些書應該擺在哪個書架上？於是乎，我被派上了用場。我取過一本書來，先翻翻書面與書背，看清了書名及作者，然後確定一下出版日期。接下來便開始猜測，到底手上這本書的內容是什麼？有的書一目了然，很容易就解決掉。有的書卻頗費心思，必須閱讀目錄及內容提要。若是看了提要，還是搞不懂，就只好花點時間，認真地把書翻看一遍。可是，有時花了老半天的時間，仍舊毫無頭緒，這時只好求救於參考書了。偶爾踫到棘手的，我把腦子裡的墨汁絞盡，仍舊一籌莫展。如此狼狽的境況，屢屢發生，實在很令人尷尬。終於，我不得不承認，自己的學識太淺薄。怎麼辦呢？唯一的解決辦法是增進自己的知識。於是我首先在大學部修了三年日文，然後到研究所去選修明史、詩經、楚辭、唐詩、宋詞、元曲、金瓶梅、紅樓夢。這些學科都是我年輕時代不肯去碰的老古董；如今為了飯碗，只好埋頭苦幹了。可喜的是，我因此學會了如何欣賞「水滸傳」及「紅樓夢」。

但是我的根柢畢竟太淺，雖然修了幾年的課，依舊是個半瓶醋，學識也不見長進；仍舊經常被手裡的書所考倒。有時花了幾個小時的時間，還是搞不懂，我不禁惱羞成怒，乾脆把書一丟，丟到桌子底下的一個大紙箱裡，從此不再為了它而頭痛煩惱。也許有人會笑我，說我沒有職業道德？這一點，我也只好承認了。不過，我到底還是有點良心，每想及那些作者，不知花了多少的心血才完成的著作，卻被我冷藏起來，我心裡不無愧怍。

我自稱是個讀書人，每天翻看十幾本書，卻都只看到皮毛，只摸到了書面與書背；這怎麼算是讀書呢？偶爾，我會碰到一本很喜歡看的書，真是不忍釋手；可是我卻不敢貪婪，不敢留戀，只匆匆地過目就送走了。二十五年下來，這麼囫圇吞棗的讀書方式，都已成習慣，我早已忘了怎麼好好兒地把一本書從頭到尾看完了。而且在不知不覺間，我已把讀書看成了是一種累贅，一種心理負擔。

俄國作家契柯夫（Anton Chekhov）說，「告訴我你讀的是什麼書，我就可以知道你是一個怎樣的人。」

到底我讀的是什麼書？我是一個怎樣的人？我自己都不知道。

散步

我好像生下來就喜歡走路；這大概是環境使然吧？一個住在小鎮的孩子，什麼交通工具都沒有，不管到哪裡都要靠徒步，因此鍛練出耐勞的雙腿，也把走路看成了家常便飯。

中學時代，當了六年的通學生，每天坐一個小時的火車到嘉義，下車後又得步行半個小時才能到達學校。幸好我對每天來回兩趟的跋涉，並不以為苦，反而看成是一種樂趣。

到美國以後，在一所大學上班，從停車場到辦公室大約有一哩之遙；雖然有交通車可以搭乘，我卻寧可步行。天天如此，風雨雪無阻。

如此走了將近三十年，終於在今年夏天退休；熟人和朋友都向我道賀，說我終於脫離苦海，成了自由人。我聽了真是有苦難言；倒不是我這人天生的勞碌命，非得像一隻螞蟻，至死方休。但我心裡實在很掙扎，只覺每天無所事事，讓人疏懶，也讓人心慌，真不知如何度過那漫漫長日。

記得剛退休時，我像隻饞貓，天一亮就抓起書狼吞虎嚥地閱讀；一心想要將二十幾年來荒廢在一邊的書本全部看完。可是如此拼了命地看書，還不到兩個月就已經產生了厭倦感。畢竟，暴飲暴食不是件好事；更何況書本上所描述的是別人的境遇，表達的是別人的靈感，這都跟我有什麼相干？怎能充實我的情感？怎能填補我的空虛？

只得把書丟到一邊去，另找比較有趣味的事來做了。可是該做什麼呢？記得在退休之前，我曾把一些該做而沒時間做的事，譬如洗窗子啦，清理櫥櫃啦，整理那堆積如山的照片啦，種花拔草啦，都列了下來，只等退休以後，就可以一一解決掉。可是不知怎的，我現在有的是時間，可是對那些瑣事已提不起興致來。

我不禁懷疑了，也許根本就不該退休？但捫心自問，我早已厭倦了那份工作，而且近一年來，辦公室裡消沉的氣氛，使我深覺退休是一種解脫。話雖是這麼說，但我還是擺脫不了迷茫的失落感。我多麼懷念那美麗的校園，那空氣的清新，那每天來回兩趟路。最令人啼笑皆非的是，我不懷念那份工作，卻懷念那有規律的生活。

到底怎麼去彌補這一點遺憾？也許我可以每天照常開車到學校的停車場，然後徒步去校園，在那蜿蜒的步道上逍遙自在地散步，等走累了才打道回府？如此，我既可重享散步的樂趣，又可以欣賞校園四季的變換，卻又不必被桎梏在辦公室裡，多麼寫意的安排！

可是細細地想一想，這樣做的話，大概會遭別人譏笑吧，說我這人提不起，放不下？怎麼辦？只好找丈夫商量；他一向好說話。

「我整天沒事幹，心情無法開朗，你要不要陪我到湖邊走走，散散心？」

「怎麼可能？妳也知道我最不喜歡散步的。」他的口氣斬釘截鐵，毫不猶豫。

「咦，我們結婚前不是常常去哈德遜河的河濱公園散步嗎？」

他笑了。「那是幾十年前的舊事了，還提它幹嚒？」

「幾十年前跟現在有什麼不一樣？你仍舊是你，我也仍然是我。」

「大大的不一樣了！」

人家說，往事值得回味，我卻無法苟同。每次一回味，心裡就覺愁苦，過去的事，就像一縷縷輕煙，怎麼抓得住？

其實也怨不了丈夫。年輕時代的我，大概是個溫順的女孩吧？但年久月深，在丈夫的心目中，我已成了一個橫行霸道的黃臉婆了，躲之唯恐不及呢，哪裡還肯跟我一塊兒出去散步？

但我生來很固執，並不肯就放棄，還想說服他。「到湖畔走一遭，只要半個鐘頭的時間，一點兒都不累人的；況且散步對你也有好處呢。」

「算了吧？妳說是散步，卻老是越走越快，就像跑步一樣，我怎麼跟得上？妳在前面等得不耐煩；我在後面追，喘得像頭牛，有什麼樂趣在？」

我只好向他道歉了。「對不起，實在不是故意要把你拋在後面；那是我從小就養成的壞習慣，慢不下來。」

其實我走路一點兒也不快，可是比起他那蝸牛似的步伐，當然是健步如飛了。

「反正我沒辦法配合妳的步調。而且我每天都好累，怎麼有力氣陪妳？」

「怎麼會累？你不是每天早上都在老人中心泡上三四個鐘頭嗎？挺逍遙的不是？怎麼會累？」

「妳懂得什麼？我打橋牌呀，下棋呀，打彈子呀，忙得很。尤其是打彈子，最累人了；幾局下來，腳都站瘦了。」

哎，我想，算了吧？巒以為退休以後，夫妻倆可以同進同出，好好享受白首偕老的日子。怎知，完全不是那麼一回事。說來說去，都是趣味不相投的緣故；怎麼能勉強？也只好凡事靠自己了。

有了這一點覺悟，我每天吃過早飯以後，就穿上球鞋，自個兒出門了。有時就在附近的住宅區走走，有時開車到公園，或湖邊，或校園，然後順著幽靜的小路徜徉。是那種閑暇無事，悠然自在的快樂。

我想，其實我一點兒都不在乎獨自散步。我一個人步調可快可慢，散步的時間可長可短。我隨時可以停下來，看一看天上的雲彩，欣賞樹上的花，追隨松鼠的奔竄，豔羨空中的飛雁。一切隨心，多麼自在。如此的意境，不正如夏目漱石所說的：

「天有星辰，地有露華，飛者有禽，走者有獸，池有金魚，枯木有寒鴉，自然便是一幅活生生的畫。」

我每天都能欣賞到大自然所呈現的萬千的畫面，多麼幸運。

普城閑居

那一年，我兒子剛進高中，女兒也開始上初中了，我在家閑著無事，就到若歌大學研究所去修課。修了兩年，快畢業了，正想著要到哪裡去找工作才好？沒料到，五月裡有一天，我接到一位洋女人的電話，她說她叫Diane，是普林斯頓大學東亞圖書館的館長，她問我能不能找個時間和她一塊兒吃中飯，她希望跟我談談。我心想，人家請吃飯，還有拒絕的道理嗎？我當然就去了。

那一次的約談，相當投機；一個多月以後，我搖身一變，從家庭主婦，變成了普林斯頓大學的圖書館員。

這職位，真是天上掉下來的一般；照說，我應該很珍惜才對？可是，事實正好相反！從剛開始上班，我就天天唉聲嘆氣，嫌薪水低，嫌上司太霸道不講理，嫌假期太短，嫌工作太無聊！嫌天天困在辦公室裡，完全失去了自由！

有個朋友，大概聽厭了我的嘮叨，不禁笑說，「妳既然那麼不滿意，為什麼不乾脆辭職，在家享清福？」

她隨便這麼說，我卻大吃一驚。我怎麼能辭職？辭了職，到哪裡另找工作？有誰肯僱用我？況且普林斯頓大學離我家那麼近，才五哩路！

算了，還是忍一忍吧，等孩子大學畢業以後，沒有經濟壓力了，我就可以留在家好好地享清福。

只說忍一忍的，沒想到這一忍就是二十二年；如今我的兩個孩子不但已經大學畢業，而且也都結了婚生了孩子。我真的可以在家享清福了。

可是我又三心兩意，不肯走了！

倒不是因為我喜歡圖書館的那份工作，也不是為了貪圖那份微薄的薪水，而是這些日子以來，在不知不覺中，我已把這個大學看成了我的第二個家；我多少寶貴的光陰都在這裡度過。如今要離開，我已依依不捨。

到底，我這第二個家，有什麼迷人的地方？

它一共有五百多畝大，校園裡的建築物，從最早的哥德式，到維多利亞式；從新古典式到後現代式，參差錯落；有的典雅而莊嚴，有的美輪美奐，有的卻像工廠一樣的單調而醜陋。只是，我每天在校園裡散步，年久月深，對每一棟建築都發生了感情，都覺得各有可愛可取的地方。

但是最使我喜愛的是校園中那無數的蜿蜒曲折的小路。那些小路有的是鋪的小石子，有的是鋪的柏油，有的是鋪的大石板，更有那鋪成很精美的圖案的紅磚人行道。我每天倘徉其中，樂趣無窮。

特別是春天的早晨，我從山坡下的停車場往上走。一路上，我迎著明媚的晨光，呼吸著清新的空氣，路旁，有那數不盡的花樹向我招展它們的美麗與鮮豔。三月裡，黃色的連翹花輕掃著我的裙裾；四月裡，那粉紅的，茶碟一般大的木蘭花，向我炫耀它的俗艷。等木蘭花開始褪色，便是那仙姿綽約的山茱萸開花的時候了。五月裡，整個校園的杜鵑花和山杜鵑，默默地爭相妍艷。又有那紫藤，它一串串的紫花攀援在牆壁上，使那古色古香的大廈增添了多少的風韻。更有那一排一排的櫻木，那麼炫耀，那麼繁華地開著花。只可惜，才短短的幾天，那花瓣都成了泥土。

到了夏天，我喜歡在中午時分，循著一路連綿不斷的樹蔭，繞著校園散步。每隔幾天，我會到Prospect Garden去走一遭，看看花園裡新種了什麼奇花異草。那些園丁喜歡利用花園的設計來表達他們的匠心與靈感；而賞花的人也得到了心曠神怡的樂趣。

到了秋天，滿校園的秋葉，色彩繽紛，讓人目不暇接。我早已熟記，哪一個角落裡的楓葉最美，最紅，最艷。

但是，最美的時光該是秋天的黃昏。每天，在回家的路上，我循著枝葉扶疏的小徑走下山坡，這時，徑旁稀疏的幾盞路燈已點亮，發散著柔美暈黃的光；遠遠，有隱約的人影；那園景，使我不禁想起了辛棄疾的詞，「笑語盈盈暗香去，眾裏尋他千百度。驀然回首，那人卻在，燈火闌珊處。」

到了冬天，學校經常舉行一連串的音樂會，電影欣賞會。尤其到了年尾，更是晚會，餐會接連不斷，喜氣洋洋。

可惜年節一過，便是深冬，那是最令人消沉的季節；那光禿的樹，還有那風，那雪，不斷地侵襲，讓人無法承受。幸好，我還記得大學時代念過的一首詩，那是英國詩人雪萊的〈西風頌〉：

The trumpet of a prophecy! O, wind,
If Winter comes, can Spring be far behind?

春夏秋冬，我就是這麼一年一年地過。到底什麼時候才退休？我想，再等三年吧？服務滿二十五年後，學校會送我一張漆了學校顏色的搖椅，上面刻有大學的校徽，也會刻上我的名字和服務的年數。

我該等到學校送我那張搖椅以後才退休。退休以後，我每天坐在那張搖椅上，望著窗外，等著時光的流逝。

照相

前年，我回故鄉省親；在閒聊憶舊之際，姐捧出了一本灰舊的照相簿，指著一張發黃的黑白照片，笑問我，「妳還記得這張照片嗎？」

按照那印在相片上的日期屈指一算，它已經是四五十年前的舊物了！那是一群小學二年級同班同學的合照；二十多個小孩子，有男有女，有的服裝光鮮筆挺，有的衣裳襤褸；有的鞋襪齊全，有的打赤腳；有的笑容可掬，有的瘦弱畏怯。我端詳了照片半天，才指著站在一棵矮樹旁的女孩，疑問地望著姐姐，「她是誰？」

姐笑了，反問道，「似曾相識，對不對？」

「就是啊，好像很久以前見過面。」

「那是妳呀！妳都忘了自己小時候是什麼樣子嗎？」

我愣了半天，卻怎麼敢相信？那照片中的女孩，眉目清秀，衣著齊整，那麼討人喜愛的模樣，她怎麼可能就是童年的我？姐姐沒有搞錯吧？她不是在騙我？

我緊抓著那張照片，愛不忍釋；也真心地感激有愛心又有恆心的姐姐；為我保管了幾十年。

雖說小時候的照片只剩下寥寥幾張，可是大學時代的照片倒是不少；有的是在校園裏，有的是在郊外，有的是與朋友相聚；我看著那笑容滿面的女孩，雖然相貌平凡，卻在那一顰一笑中流露著青春的氣息與少女的嫵媚。

那麼，到底是什麼時候，我開始對照相產生了厭煩與畏怯？其實連我自己也搞不清，大概是年年月月逐漸的改變吧？到後來，別人要拍照，我就不由自主地躲到一邊去；有時躲不過，只好硬著頭皮，裝出一副僵硬的笑臉，很不自在地瞪著鏡頭，只等那卡嚓一聲，來解除我的尷尬。

雖然我對拍照有畏縮之心，可是我家的抽屜裡，櫥子裡卻到處都是照片；一袋袋，一疊疊，堆得像山。那千百張照片，背景都不同，人物卻不變；不管是坐是站，是微笑或是蹙眉，都是我；因為我的丈夫很喜歡拍照。

老實說，他這人並沒有什麼不好，就只有愛照相這毛病改不了。他並不是什麼職業攝影師，就連業餘攝影師的頭銜都攀不上；大概只能說他患了「遊客病」吧？因為他每次出門，不管遠近，也不管是春夏秋冬的哪一季，不管是晴是雨，他一定要把那架老舊的傻瓜照相機揹在肩上。大概就像當年美國西部的牛仔，如果不在腰間掛把手槍，就顯不出那英雄氣概，就沒有安全感？

於是，我們每到一個地方，他都得停下來，瞇起眼睛，四下張望，然後打開他的相機，貼在臉上，一邊命令我，「到那邊去站好，我來替妳照張相。」

每次我都臭著臉，斬釘截鐵地回答，「有什麼好照的？我不要照！」

他不耐煩了，「妳怎麼老是這樣婆婆媽媽的？每次要為你照張相，妳就推三阻四的跟我過不去！」

「我就是不想照嘛！我們出來旅行是為了遊山玩水，欣賞美景，不是來拍照的！你這樣每隔兩分鐘就要停下來拍照，多無聊呀！既浪費時間又浪費底片！」

「妳才叫人掃興呢！」

「這樣好了，」我向他建議，「你站到那邊去，把姿勢擺好，我來替你照。」

我丈夫卻把他的照相機抓得更緊了。「妳也懂得拍照麼？妳每次不是砍斷我的頭就是截短了我的腿！」

「你就有多能幹？你會採光嗎？你會取景嗎？你會調整焦距嗎？」我毫不客氣地反唇相譏，「這些年來你的技巧越來越差，眼睛越來越昏花，拍出來的照片也越來越難看！」

其實我心裡也明白，他是個厚道之人；否則他可以提醒我，他照的相片所以越來越不堪入目，並不是他的錯。因為那煞風景的人，是我呀！

可以說，我們每次出門旅行，都是為了拍照這回事而吵架；吵來吵去也就是那麼些話。於是一年又一年，那些讓人不忍卒睹的照片越積越多。曾有幾回，我狠下心，要把那些照片全扔掉；可是每到緊要關頭時，我又心軟了。

有一次，我實在氣不過，不禁懊惱地問他，「你這樣胡亂拍照，自己也不覺得很無趣？」

「妳懂得什麼？」他說，「妳這人啊，又糊塗又健忘，不管帶妳到什麼地方玩，回到家以後，根本就不認賬；過不了幾天，妳又開始埋怨了，說我從來就不肯帶妳出去玩！所以我隨時隨地都要拍幾張照片做為物證，這樣妳就無從抵賴了。」

我聽了他這番解釋，心裡不禁有點感動了，原來他是個有心人啊；我怎好把他的物證毀掉？

今年三月，我們到夏威夷去度假；兩人在棕櫚樹下，在沙灘上徜徉，看著夕陽在海的盡頭慢慢地掉落，把碧綠的海染成了一片的金光燦爛。那麼美的黃昏！

我從口袋裡掏出了一副小巧玲瓏，最新型的數位照相機，對丈夫說，「你去踏海浪，我來替你照張相。」

他瞪大了眼睛，定定地望了我好久，「妳什麼時候買的照相機，我怎麼都不知道？」

「就是要給你一個驚喜啊！」我開心地對他笑，「從今以後，輪到我來替你拍照吧？要是照得不好，都可以刪掉的；所以我敢擔保，每張照片都一定包君滿意！」

當然，我那副照相機馬上被他沒收，佔為己有了。不過我現在已變得很樂觀；因為我可以把他照的相片先檢閱一番，把那不堪入目的全刪掉！

我相信，我們倆從此不會再為了照相而吵架。

網球樂

我是個四體不勤的人，求學時代，最怕上的是體育課。大家玩躲避球，我連躲都不會躲，只有挨打的份。人家玩壘球，我也想加入，可惜投手一丟出球，我忙躲過一邊去，所以我手上的球棒從來沒有跟球接觸過。人家跳高，一節一節上升，我卻只有從旁邊繞過去的份。人家在游泳池裏潑水嬉戲，我卻一下水就沉。

像我這種料子，要選夫婿，本該安份認命，挑個書呆子嫁就是了。怎知，陰錯陽差，竟嫁了一個很愛玩，很喜歡運動的男人。

我那丈夫，並不怎麼喜歡唸書，也不喜歡那割草，施肥，植花種菜的庭院工作。可是朋友一通電話來，找他去打球，他可從來沒說個「不」字，總是拍拍屁股，一溜煙就去了。

他什麼球都打，高爾夫球，棒球，足球，乒乓球，網球，樣樣都來，天天忙得不亦樂乎。

我的小姑說，「我那哥哥啊，樣樣通，樣樣不精。」
她說的一點也不錯。

本來他打他的球，我看我的小說，倒也相安無事；只是有一天，他卻對我說，「走，我們打球去。」

「打什麼球？」

「網球啊。」

「我不會打，你又不是不知道。」

「所以我要教妳啊。」

「我不要學。」

「走吧，妳學會以後，就知道打網球有多好玩了。」

「我不去。」

「走吧，走吧，我只是教妳怎麼把球打過網而已，一點都不難。」

夫妻倆，爭執了半天，他硬要教我，我硬是不肯學。

終於他說，「這樣好了，妳跟我去打球，今天晚上我幫妳洗碗。」

「一晚不夠，」我趁機討價還價，「你要幫我洗一個星期的碗才行。」

「好吧，好吧，一個星期就一個星期，有什麼了不起？」

如此這般，我才開始學打網球的；如今三十年都已過去。這三十年來他所嘗到的辛酸，勞累與掙扎，只有他知道，而我也只能猜測而已。我只能說，他有無限的耐心與毅力，就像一個老師教一個弱智的孩童識字吧？真要牽著手，一個字一個字地教，不厭其煩地重複著每一個動作。雖然心裏早想放棄了，卻還得裝出笑臉來，還得說一些讚美鼓勵的話！

這三十年來，他教導的話，我早已記得滾瓜爛熟。

他說，「人家絕不會把球打到妳面前的，所以妳要跑得快，要猛追，追不到球，就失了那一分。即使追到球了，也不能匆匆忙忙就揮球拍；妳要等，先把姿勢擺好，側著身，把球拍往後拉，等球飛到妳身前時，才猛力將球拍揮出去。」

老實說，這些打球的原則與訣竅我都懂，可是真要去做，談何容易？我是心有餘而能力不足啊！我的毛病，自己都知道：我跑得不夠快，力氣不夠大，動作不夠靈巧，打起球來慌慌張張，不夠鎮定，因為我完全沒有信心。

雖說如此，我們這三十年來，每個禮拜至少打一次球；不管春夏秋冬，除了出去旅行以外，從來不間斷。

有時上了一個星期的班以後，人變得疏懶，沮喪，只覺手痠腰疼，全身都不對勁。只怨自己看不開，為什麼要為了區區「三斗米」而折腰？

可是在球場跑上十分鐘，我的手再也不痠，頭再也不痛，腳再也不軟了。

有時夫妻吵架，都懶得跟他說話；可是到了球場上，狠狠地打幾個歪球讓他跑得喘不過氣來，我的氣也漸漸地就消了；換來的是一臉得意的笑。

真的，很靈驗，決不是騙人的美麗謊言。

我跟丈夫打球，沒有一點怕輸必贏的心理障礙，因為我們的球技相差太遠，他是「陪太子讀書」，處處承讓。偶爾我無意中也會使出殺招來，這時他會讚美地說，「哎呀，妳這左拐子，反手抽擊的球這麼棒！」

有時他為了引起我的興致，也會讓我贏上一兩局；可是他卻故意抱怨地說，「這不是陰溝裏翻船嗎？」

有時我打得太窩囊，自己都覺得很洩氣，他會安慰地說，「以前的種種譬如昨日死……」

我一聽，笑彎了腰，我就喜歡他的荒謬！

我最喜愛的是，在夏日的周末，風和日麗的清晨，還不到七點鐘我們就去佔了一個陰涼的球場，然後兩個人有說有笑，打上兩個小時的球。回到家後，先洗個澡，然後坐下來喝杯咖啡，聽聽古典音樂，看晨報，疏懶地有一句沒一句地閒聊。那身心的暢快，那與世無爭的滿足感……。

舞伴

我是在臺灣中部的一個小鎮出生長大的；十八歲那一年，要離家去臺北念書了，哥哥這才緊張了起來。

他說，「妳這一去，再沒有人照顧妳了，妳眼睛要睜開點，不能隨便和男孩子出去，也絕對不能跟他們去跳舞；他們都是打的壞主意，就想佔女孩子的便宜。」

哥哥那時唸大三，我知道他的話是經驗之談，我怎能當耳邊風？

在臺北那四年，我一直沒有忘記兄長的叮嚀，從來就不曾參加過舞會，也拒絕學跳舞。

然後我離開了家鄉，隻身來到紐約。

人在異鄉，最怕的是孤單。正好那一年除夕，紐約同鄉會主辦了一個盛大的舞會，邀請所有從臺灣來的留學生參加。我心想，自己不會跳舞，還參加什麼舞會？可是大家都要去，就只有我一個人留在宿舍裏，也不是滋味？

我想來想去，結果還是決定去參加；雖然不跳舞，至少去開開眼界也好？

沒想到，那一晚，剛進會場，就踫到一個我才認識不久的男生。

「嗨，」我開口跟他打招呼。

「要不要跳舞？」

「我不會跳。」

「那妳到這裡來幹甚麼？」

我瞪著他看，不知怎麼回答。

他就毫不客氣地把我拉進了舞池。

照說，交際舞應該是兩個人一起跳的吧？怎知，我那舞伴也不來拉我的手，也不攬我的腰；卻站在我面前，腳底像抹了油似的，扭腰擺臀地抖動了起來。我完全糊塗了，怎麼他獨個兒跳得好起勁？我傻傻地愣在那兒，不知怎麼起步，怎麼去配合他。

「喂！這舞是怎麼個跳法呀？」我問他。

他只是笑。好久才說，「這支舞叫TWIST，妳跟著我扭就是了。」

怎麼個扭法？我想學他的樣，卻怎麼學也不像；只覺滿臉發熱。

真是出師不利呢！怎麼第一次下舞池，就踫到這種尷尬的場面？幸好他還算仁慈，那晚又陪我跳了幾支舞，還教我幾個舞步。

半年後，他向我求婚，我也就答應了。

原以為，跟一個喜歡跳舞的男生結婚，我的舞藝當然會進步神速了？怎知，他再也不跳舞了。

我有點委屈，有點受騙的感覺。「你怎麼不教我跳舞了？」

他說，「算了吧，跟妳跳舞好吃力，像搬傢俱一樣。」

怎麼會有這種人呢？這不是詐欺麼？婚前他怎麼沒說過我像桌椅？

可是人家不跟妳跳舞又不能算是一種罪過，妳又能怎麼樣？妳去向誰告狀？

我的跳舞生涯，還沒有真的開始，就這麼結束了。

人說歲月如流，真是沒錯。多少日子過去了？都只忙著孩子，只顧讀書，只顧上班，哪裏還去懷念跳舞的往事？

但我畢竟與跳舞有緣；五年前，我們熟識的一對朋友突然心血來潮，想延聘舞師學跳舞；他們想找一兩對朋友一起學，問我們有沒有興趣？我的丈夫也不假思索，就欣然答應了。

他這人不是很奇怪麼？為什麼隔了這許多年後，骨頭都變成硬幫幫了，他才想重溫舊夢？

管他呢！我心想，若花點錢能換取一點娛樂，一點歡笑，何樂而不為？

就這樣，我們和另外三對夫婦開始學起跳舞來了。

我們請的是一位女老師，她態度嚴謹認真，教得有條有理。毛病卻在她的外表；她呀，人長得又年輕，又漂亮，身材更是不得了，那纖腰真可媲美趙飛燕。只見她，全身軟若無骨，舞姿美妙絕倫！也難怪那幾個老男生看到她，只覺暈頭轉向，每次擁著她跳舞，都只有發抖的份。也因此，剛開始那幾堂課，未免亂昏昏。我呢，更是差勁；明明聚精會神地觀察著她的每一個動作，可是越想搞清楚，越是糊塗。她要我們往左開步，我卻往右踏出去。她要我們往前，我卻往後。怎麼辦？怎麼辦？我也跟那些老男生一樣，急得滿頭大汗。

幸好，她有的是耐心。漸漸地，我們的課也上了軌道。我們從擺舞姿開始，男生要從頭到尾都擺出同一個架勢，不能彎腰駝背，也不能隨性所至把舞伴拉來扯去，害她失去平衡。女生要把頭稍稍地，輕俏地，愛嬌地向左後方斜傾著，眼睛要望著右前方。絕對不許左看右看。

老實說，那一陣子，我差一點得了性格分裂症。明明生下來就是一個不會賣俏，不懂得什麼叫撒嬌的硬派人物，如今被整得好慘。那手指伸出去，要像舞臺上的花旦一樣，柔媚勾魂！那頭微微地往上看，和你的舞伴相望時，要擺出一副深情款款的模樣。我的天，這種動作，叫我怎麼做得出來！那不是要逼我去跳井嗎？

不過，也總算熬成婆了；雖然我仍不會蘭花指，不會癡癡地望著我的舞伴，可是至少我已經學會了一些基本的舞步。什麼恰恰，探戈，什麼華爾茲，倫巴，狐步舞，都已經難不倒我了。

而且，我也有了一點領悟：那就是，女方跳舞，絕不能花腦筋去想，乾脆把自己當成一隻綿羊，讓男方牽著走算了。也只好這樣了？不然夫妻倆一定會在舞池裏吵得面紅耳赤，鬧得不可開交。

如今，我們已經不再上課了；不過每個月都會去參加老師主辦的舞會；每次都跳得很痛快，跳得滿身大汗。

有一夜，從舞會回來，我不免得意地問丈夫，「怎麼樣，我已經進步了不少吧？你還像搬傢俱一樣的吃力嗎？」

他嘻嘻地笑了，「其實呀，也跟年輕的時候差不了多少。」

我才不管他怎麼說呢！我斜眼打量他一下，只見他，挺了一個肚子，頭髮也白了大半；他這模樣，難道還想找一個新的舞伴？

蝴蝶夫人

十一月初的一個週末晚上，我跟女兒去紐約大都會歌劇院看了這一季新推出的很轟動的新作品，蝴蝶夫人。看了以後，感受頗深，使我想把所看的，所聽的記下來。

這一齣歌劇在一百年前首度演出以後，早已是人人皆曉的悲劇了。它很受歡迎，幾乎每一季都會有演出。這當然是因為普西尼的音樂很動聽，真所謂「餘音繞樑，三日不絕」。他也喜歡在劇中穿插一些民間曲調；如此，不但增加歌劇的情趣，也藉此塗上一層地方的色彩。在蝴蝶夫人裏面，觀眾就會聽到日本民謠「櫻花」穿插其間。

蝴蝶夫人這個悲劇之所以會發生，固然是時代的背景，東方與西方文化與社會的不同；但最主要的還是男人的玩世不恭，到處留情的冷硬心腸，與一個天真爛漫的少女的忠貞與痴情。

故事發生在二十世紀初期的長崎；它是當時日本對外開放的少數海港之一；不少外國的商船與軍艦都到這裡來停泊。劇中的男主人翁Pinkerton就是一個美國海軍軍官（每次這個角色出場，弦樂隊就會奏出美國國歌的頭一段，真夠諷刺）。他沾沾自喜地跨著大口，要在戰艦停泊的每一個海港都找個女人供他玩樂。他的軍艦到了長崎以後，他果然花了一百塊美金買下了一個才十五歲大的藝妓當新娘。又在一個山上租了一間小屋，藉以藏嬌。

開幕時，舞臺漆黑一片；突然間燈光大亮，照射在高遠處的一座舞榭歌臺和一個正翩翩起舞的藝妓身上。然後一群女人圍了過來，幫她換上了白色的新娘裝，又替她配上了一條長長的，猩紅色的腰帶。這時，觀眾驚異地發覺，舞臺上的形影竟然也浮現在空中！仔細一看，原來舞臺的上空，傾斜地懸掛著一面巨型的鏡子；它把舞臺上的一切都映照了出來；多麼令人不可思議的構思！那舞臺上與鏡面中的影像，互相呼應，給人一種目不暇接，錯綜複雜的新奇感。

然後燈光轉移到舞臺上，Pinkerton出現了，他和媒人在小屋裏等著新娘的到來。那小屋建在面海的山坡上，不管什麼人要來這裡，就得從山的另一邊上來，爬到山頂以後，再走下短短的山坡。那山頂，遠遠看去，就成了天與地的會合點。人物的出現，故事情節的轉變，都先在山頂浮現，就像命運的腳步的前奏；我們先聽到聲音，先看到影子漸漸地浮現伸長，使人對未知的，即將到來的命運充滿了期待與驚惶。

這小屋，沒有放什麼傢俱，卻有許多的障子（shoji），這些障子，由一些穿黑衣戴黑面罩的隱形人無聲無息地移來移去。而那些舞臺上的角色，也輕輕易易地從障子後面出現，消失。也難怪，Pinkerton問那媒人，「這房間的牆壁在哪裏？我的新房在哪裏？」

如此的房屋，使Pinkerton更有個幻覺，似乎面前的一切隨時會出現，也隨時會煙消雲散。而他與蝴蝶的婚姻，不就跟這個沒有牆壁的房屋一樣嗎？

新娘終於來了，從山下爬上來，在山頂上出現了，然後緩緩地走下了山坡。她身上穿著白色的新娘裝，配著猩紅色的腰帶。

Pinkerton讚美她，說她像畫在屏風上的美女，她從畫中走出來，輕巧如一隻蝴蝶，煽起了他胸中的欲望，只想把她捕捉起來，據為己有。他說盡了甜言蜜語，把個年紀輕輕的蝴蝶灌得好沉醉，發誓會愛他這一生。

蝴蝶又把她帶來的嫁妝拿出來給Pinkerton看：無非是幾條手帕，一支煙斗，一支胸針，一面鏡子，一把扇子，還有一個長長的盒子，她不肯在眾人面前顯示；後來經媒人點破，才知道裏面裝的是一把短劍。原來蝴蝶的父親生前是個顯赫的宮廷人物，後來得罪了天皇，被賜了一支短劍，命他自刎。蝴蝶的父親死後，家道衰落，為了維生，她只好去當藝妓。蝴蝶為了紀念父親，一直把那短劍視為聖物。

最後，舞臺上一些穿黑衣的隱形人，提著白色的紙燈籠，環繞著那一對新婚夫妻，天上瓢下來無數的花瓣，然後，一串串花瓣編成的簾幕，緩緩地垂下。

三年過去了。蝴蝶每天望著海，等著她的丈夫那艘軍艦的出現。家裏只剩下最後的幾個銅幣，已快到了挨餓的地步。她的老奶媽每天以淚洗面，天天祈禱上蒼。但蝴蝶夫人卻責備奶媽沒有忠貞不移的心。她唱出了此劇中最動聽，也是觀眾最熟悉的那首歌，「美好的一天」。她深信，有那麼美好的一天，在知更鳥開始築巢的季節，他就會回到她的身邊。

這時，美國領事帶信來了；原來Pinkerton要他傳話給蝴蝶夫人，說他無意再回到她身邊。可是蝴蝶興奮過度，喋喋不休，使他找不到機會傳達信息。此時，那媒人又來攪亂；原來他已經替蝴蝶找到了一個新的追求者，一個有錢的貴族。美國領事趁機鼓動，要蝴蝶接受這樁新的婚事。可是蝴蝶卻堅持，她是個已婚婦人，她的丈夫並沒有遺棄她；她要繼續守望，等他回到她身邊。

領事對她說，「我怎麼讓妳覺醒呢？妳不要再妄想妳的美國丈夫會回來了；還是接受那個有錢的貴族的求婚吧？」

「你怎麼對我說這種話！你傷害了我的心！我寧死也不做這種事！」

「我的話很殘忍；可是我說的是事實。我不願傷妳的心；可是妳不能自我欺騙呀！」

「難道你是說，我的丈夫已經把我遺忘了？」

蝴蝶快步走進去，然後抱了一個小孩子出來。

「我的小孩，難道他也要遺棄我的小孩？」

可是，出現在觀眾面前的，並不是一個兩歲多的男孩，而是一具穿了水手裝的木偶。可以想像，這木偶的出現，引起了多少的震驚！它是由三個穿黑衣戴黑面罩的隱形人在後面操縱的。它有一對招風耳；一個光禿禿的頭和皺皺的前額；它的表情奇特，有時像在哭，有時像在笑；有時充滿了期盼，有時充滿了焦慮！它的腳步，有時躊躇，有時急切。多麼令人難忘的一個小人物！

以往要上演這齣歌劇時，都會選一個可愛的小男孩來扮演這個角色；可是，一個兩歲多的孩子，你能期望他演什麼戲？他不跌坐在舞臺上哭嚷著要媽媽，就已經很幸運了。所以，導演乾脆採用日本文樂木偶劇（也稱人形劇）的技巧，把一個跟兩歲孩子一般大小的木偶給搬上了舞臺，可說是達到了極高的效果，比真人還要逼真；也讓這幕戲增加了一層情感的深度。單憑那木偶凝視的眼光，就讓人難忘！

那美國領事知道蝴蝶生有一個小男孩以後，心裏很難過，他答應會把這消息傳送給Pinkerton。

這時，一陣氣笛聲從海港傳過來，原來Pinkerton的船進港了！他回來了！他並沒有遺棄蝴蝶夫人！

蝴蝶心花怒放，把園中的花都摘下來，把花瓣散佈在房子的四周，就如他們初婚之夜的景象！她換上了新娘服，繫上了那條猩紅色的腰帶，然後抱著她的小男孩，和奶媽三個人，坐下來，等待著Pinkerton的到來。

可是，等了一夜，天已亮，卻不見Pinkerton的蹤影。

蝴蝶夫人再也撐不住，到後頭去休息了。怎知就在這時，那山頂上漸漸地出現了依稀的人影，背著晨光，那陰影越拉越長，也越來越近了；原來是Pinkerton和他的美國新夫人，還有美國領事，都來了。他們是要來把小男孩帶走的，他們要領養他。

可是當Pinkerton看到那滿地的花瓣，又聽到老奶媽把三年來的生活情況與蝴蝶夫人的堅貞與懷念告訴他以後，他羞愧地奔下山去了。留下了他的新夫人，還在花園裏徘徊，不肯離去。

蝴蝶夫人聽到了人聲，等她出來時，Pinkerton已遠去。蝴蝶夫人一看到那個美國女人，便領悟了一切。

「我會好好照顧這個孩子的，」新Pinkerton夫人說，「我不會虧待他。」

蝴蝶夫人說，「我可以放棄這個孩子，可是我要Pinkerton自己來抱走他。」

那小孩子看到母親在哭，驚慌地奔過來，鑽入她的懷抱，母子倆哭成一團。然後，蝴蝶夫人叫奶媽把小孩抱出去。

蝴蝶夫人舉起了她的父親用來自殺的短劍，刺胸而亡。她倒在地上，兩個穿黑衣戴黑面罩的隱形人把她那條腰間的腥紅絲帶，往兩邊拉開，形成了長長的一條血河。讓人觸目驚心！

這時Pinkerton又出現了，他哭叫著蝴蝶夫人的名字，可是已太遲。

蝴蝶夫人可說是這齣歌劇的靈魂，每一幕都有她；而大都會歌劇院這一次請來扮演蝴蝶夫人的是一個叫Cristina Gallardo-Domâs的智利女高音。她的歌聲清越動聽，頗能勝任這個角色。她也長得細細小小，有點像東方女人的身材。她更是個出色的演員，她的歌聲，她的身段，她的舉止動作都充分地表現出女主角的天真爛漫，她的渴望與期待，和最後的狂亂激昂的心態。所以在謝幕時，她能獲得所有觀眾的熱烈掌聲。

也許有人會說，何必花那麼大筆錢，費那麼大力氣，去看一齣歌劇？買張唱片回來聽，不也是一樣？可是我覺得，看歌劇不純是聽覺的，感官的享受，也是一種心靈的啟迪。我們可以看到活生生的表演，可以看到那藝術化的舞臺佈景，那燈光的變幻，更可以感受到那氣氛的緊張與情感的震撼。而蝴蝶夫人這齣新劇又更上一層樓，它利用很有創意的，動人心弦的意象，來加深觀眾的體驗與感受。

貓與我

自有記憶以來，我家一直都養狗，牠們伴隨著我長大；所以我愛狗就成了理所當然的事了。

我卻一直不喜歡貓。小時候我們鄰居養了一隻貓；她白天沒事幹，就趴在牆頭曬太陽，睡懶覺。到了晚上，人人都已上牀休息，她卻精神很飽滿，不是在屋頂上上下下的奔竄，就是力竭聲嘶地叫春，搞得鄰近的幾家人都不得安眠，心慌意亂。如此囂張的一隻貓，我都替她覺得難為情。

我從來就不想養貓的。

只是，有一天下午，我那剛上小學一年級的女兒散學回來，她一進門就很興奮地說，「我有一個同學要搬到英國去了，可是她的貓卻不能跟去，必須送給人。我們能不能抱來養？」

我說，絕對不能。

為什麼？女兒問。

「因為我不喜歡貓。」

「可是我很愛貓呢！等一下我那個同學會把她的貓抱來讓妳看，妳要是喜歡，我們就把牠留下來，不喜歡的話，就讓她抱回去，這樣好嗎？」

這鬼靈精，不曉得是誰教她的這一套話！我左右為難，躊躇了半天，只好勉強答應了；心想，反正只是看一看。

果然，只一會兒，那個同學就抱了她的貓來了。我打量著那貓，牠並不是我心裡期望的可愛的小貓咪，更不是那長毛的名種波斯貓，只不過是一隻成年的土貓而已。牠短短的白毛上面灑了幾點橘黃的斑；並不怎麼起眼；倒是那對褐色的大眼睛，很好看。

「媽，牠不是很可愛麼？我們能不能把牠留下來？」

我看著女兒那急切的，懇求的眼光，怎麼狠得下心拒絕她的願望？

「牠是公的還是母的？」我問女兒的同學。

「是母的，可是她已經給結紮了，不會生小貓的。」

「多大年紀？」

「三歲。牠已經打過所有的預防針，所以很健康。牠的前爪也被拔掉了，所以不會抓破沙發，也不會抓傷人。」

「她叫什麼名字？」

「叫Czarina。」

「我從來沒聽過這名字。那是什麼意思？」

「是俄國女沙皇的意思。」

我忍不住笑了；牠呀，只不過是一隻沒來歷的土貓罷了，怎麼卻替牠取了這麼堂皇的一個名字，未免太離譜？

雖說牠只是一隻普通的土貓，我們還是把牠收養下來了。從此，我每天除了服侍丈夫孩子，還要服侍一隻貓。

漸漸的，我發覺牠還蠻可愛，那毛色閃光發亮，那雙眼睛變化萬千，有時像在笑，有時吃驚，有時冰冷。牠也很活潑，跟我的兒子女兒玩，滿屋子跑，像三個小孩子一樣。

我也發覺牠是一隻非常厲害的小猛獸，雖然牠已經失去了前爪，卻仍舊有辦法捉老鼠捉鳥當點心吃。牠還有個習慣，喜歡將那死耗子，死鳥等等獵物很整齊地擺在前廊上；真讓人啼笑皆非，又害怕又想笑。我總是搞不通，到底牠是要炫耀那些戰利品呢，還是好心要將那些珍饈奉獻給主人？

牠特別喜歡抓那低飛的鳥。有幾次我從窗口看到牠像一隻空中飛貓，跳得好高，去捕抓鳥。那自信滿滿的飛鳥，以為牠可以欺負那在地上走的貓，竟像一隻轟炸機，低飛著撲下來，要啄貓取樂。怎知，卻賠上了一條小命。

我幾次三番看牠那驚人的技藝，心下很佩服，上市場時，總要買些鮮魚回來餵牠，作為獎勵。我也定時給牠生雞蛋吃，餵牠牛奶；因為聽說貓吃了生雞蛋，喝了牛奶，毛色才會發亮。

牠也很認真地守衛著自己的領域；偶爾別家的貓路過我們的後院，牠就很緊張，就毛髮聳立，就張牙舞爪，奔出去迎戰。有一次，我們鄰居那一隻才幾個星期大的小狗跑到我們家來玩，Czarina很生氣，竟衝過去，左右開弓地打了那小狗幾記耳光！那小狗被嚇得哀哀叫，夾著尾巴，跑回家去了。

沒想到好景不長，才過一兩個月，那隻狗竟變成了一頭巨獸，比Czarina大了好幾倍！牠又跑到我家來拜訪，Czarina不但不敢迎戰，還嚇得屁滾尿流，躲在車子底下。從此，牠每見到那隻狗鄰居就躲起來，都不敢哼聲了。

幾年過去了，我的女兒已經上初中，Czarina也不再那麼天天以抓鳥為樂了。牠留在家裡的時間多了起來。白天裡，牠喜歡坐在弓形窗的窗臺上，有時洗洗涮涮自己的身體，有時安安靜靜睡午覺，有時像個女皇，伸著長長的脖子，優雅地坐在那裡，帶著冷淡的眼光，望著窗外的世界。

有好幾次，一些曾路過我們家的熟人好奇地問我，「你們家窗臺上那隻貓是真的貓？還是瓷貓？」

「是瓷貓，」我常忍不住騙人。

「妳在哪裡買的？好漂亮。」

牠變得很安靜，不再到處亂跑亂跳，也不再抓老鼠取樂或當點心了。牠走起路來，步伐優雅細緻，悄然無聲。夜裡，牠喜歡悄悄地爬上我女兒的床，然後鑽進被窩，一睡到天亮。

Czarina，我們的女沙皇，牠再也不像以前那麼有趣好玩了。

我女兒上高三那一年，她忙我也忙，都找不到時間像往日那樣跟Czarina玩鬧，或抱著牠一塊兒看電視了。

我也不那麼在乎牠毛色的光亮了，每天只是義務地餵牠一些超級市場買來的貓食而已。牠好像不喜歡這種硬幫幫的東西，常常不肯吃。我心裡不免有氣，覺得這隻貓也忒嬌貴了，還挑食！

也許牠很不滿我如此的對待吧？竟常常在我的室內盆栽裡面撒尿大便。好幾次，我氣得狠狠地追打牠。後來我乾脆把牠的盤子，水盆和便盆都移到地下室去。白天裡，我上班，女兒上學，我怕牠胡亂撒尿，所以就把牠關在地下室裡了。

可是，把牠關在地下室也不好，因為暖氣或冷氣一來，那貓的大小便的臊臭就飄散開來了；讓人躲都無處躲。我心裡很懊惱，卻不知怎麼辦才好；只能唉聲嘆氣，繼續忍下去罷了。

日子就這麼過去了。有一天，我忽然記起來，已經兩三天沒到地下室去了，不知Czarina到底還有東西吃沒有？我慌慌張張地跑下去看，這才發覺，幾天前擺在那裡的貓食，牠一口也沒吃。一盆水，也還滿滿的。

「Czarina好像有病，牠這幾天都沒吃飯呢，」我跟女兒說，「我們最好帶牠去看醫生。」

果然，那獸醫診斷了以後，對我們說，「Czarina已經很老了，牠已經十五歲，若是折算成人類的年歲，牠就已經是九十歲的老婦人了。牠的腎臟已經完全失去了功能，心臟也不行了。我看，只好打一支針讓牠安息吧？」

我和女兒聽了，抱頭痛哭了起來。那個獸醫也陪著我們掉淚。

第二天，我們又去了。那個獸醫把Czarina裝在一個紙盒裡，讓我們把牠帶回來。我兒子也從大學趕回家，在後院裡挖了一個坑，把Czarina埋葬了。

我偶爾會做夢，夢見我忘了餵那隻貓；忘了替牠換便盆裡的沙，忘了替牠換水盆裡的飲水。牠已死了幾年？我都數不清，可是我對那隻貓的記憶仍無法褪去；記得的，不是牠的可愛，牠的活潑，而是我對牠的疏忽。

我常想，如果牠不是一隻貓，而是一個完全仰賴我過日子的老婦，我會怎麼對待她？我會虧待她嗎？我會對她很殘忍嗎？

原載於二〇〇七年八月十七日《臺灣公論報》

度日難

踏在薄冰上

小麗莎有一頭淺棕色柔軟的長髮，配著乳白的皮膚，和臉頰上一對深深的酒窩，樣子很惹人喜愛。在她六歲的生日那一天，她爸爸買了一輛四輪的木製玩具小板車給她。從此，每逢天氣晴朗的日子，她就拉著那輛四輪小板車，載著兩歲大的弟弟安迪，在家附近兜轉。那玩具車走在人行道上，發出「克隆克隆」的聲響；鄰居們聽到了，總會回個頭來笑著跟她打招呼，都說她是個很乖巧的好孩子。

可惜生日過了沒多久，有一天，不知怎的，她爸爸竟沒有回家吃晚飯。她等了又等，一直等到天亮；可是她爸爸並沒有回來。此後她每天下了課，就拉著那輛小板車，載著她弟弟，在家附近的街頭巷尾搜尋，卻哪有他父親的蹤影？她問了媽媽幾次，到底爸爸到哪裡去了，可惜都問不出所以然來。後來問的次數多了，很引起母親的惱怒，竟打了她一記耳光。她委屈地躲在房間裡哭，可是哭有什麼用？

她父親出走不到一年，她媽媽就帶了一個陌生男人回家。

媽媽說，「麗莎，這是妳的新爸爸大衛；妳可以直叫他名字，也可以叫他爸爸，隨便妳。」

小麗莎覺得很不對勁，所以有好長一段時間，她都避開，不想跟那個陌生男人見面；每到吃晚飯的時間，她就拉著那輛小板車，帶著弟弟到處逛，直到天黑，都累得拖不動車子了，才默默地轉回家去。幸好大衛是個貨車司機，跑的是長途路線；每次出門總要一兩個禮拜以後才回來。如此過了一段日子，麗莎已習慣了他的進進出出，而且他從來不打罵他們姐弟倆，有時還從外地帶了一些新奇可口的糖果回來給他們吃。就這樣，她心裡的猶疑漸漸地化解，已願意接受這麼一個繼父，也肯改口叫他爸爸了。

在麗莎剛上三年級那年的秋天，家裡卻又發生了變化。她媽媽本來在當地一家百貨公司的顧客服務臺當職員；可是有一天，她下班回來時，麗莎震驚地看到她一臉的死灰，眼裡噙著淚。

原來那家百貨公司近來生意不好，每個月不賺反虧，不得已只好裁員；而她的母親就成了挨宰的羊。麗莎不懂得事態的嚴重，心裡還慶幸呢，以為今後媽媽每天在家，他們姐弟倆就有人照顧了。哪知，媽媽雖在家，卻沒有心思陪他們玩，整天就坐在電視機前面發呆，不斷地唉聲嘆氣，惹得麗莎也莫名奇妙的心慌。

這種懸浮，陰鬱的日子過了兩三個月，原以為遲早會好轉的，怎料卻輪到她的繼父也失了業，整天呆在家看電視，都不出門了。那經濟蕭條的境況，有點像傳染病，到處蔓延著，就連那家貨運公司的生意也垮了；結果偌大的一座停車場停放了整隊的大貨車，都閒著；當然司機也被遣散了。兩個大人整天待在家，總免不了發生口角；家裡變得烏煙瘴氣。麗莎吃不消，只好又把玩具小板車拖出來，拉著弟弟繞著臨近的街道。可惜安迪已經五歲了，再也不肯好好地坐在車上；他也要拖著車子走。於是乎，姐弟倆輪流拉著車，繞著熟悉的街道。那些住在鄰近的大人和小孩，看到他們一圈一圈地繞，都覺好笑。

爸媽都失業，每天在家只發愁；愁的是，政府的失業救濟金已經快領盡，此後到哪裡去籌錢來付房屋貸款？哪裡有錢買食物和日常用品，怎麼付水電費，電話費，保險費和醫藥費？還有那些意想不到的開銷，都如何去應付？

她的繼父每天都坐在電話旁，乾等著電話的鈴聲響，等著工作上門來。可是等了又等，都是徒然。後來，他只得開著車，到鎮上的商店去探問，到超級市場去打聽，有沒有人要雇用貨車司機。結果，工作並沒找到，汽車卻每隔兩天就得加油，如此又多了一項龐大的開銷。

有一天，媽媽遞給她一個紙箱子，「麗莎，妳去把妳房間裡的衣物都放進箱子裡。」

「為什麼？」

她媽媽沒好氣地瞪著她，「還問呢！妳不知道我們沒錢繳房子的貸款嚒！銀行這兩天就要派人來沒收我們的房子，我們還能賴在這裡嗎？」

麗莎驚愕，不安地望著母親，「我們要搬到哪裡去？」

「暫時先搬到妳舅舅家去擠一擠，等大衛找到工作再想辦法。」

「可是舅舅家那麼小，他們自己都不夠住。」

「只好住在他們的地下室了。麗莎，妳是個懂事的孩子，到舅舅家以後，一定要很乖，不要討人嫌，懂嗎？妳弟弟是個小淘氣，傻兮兮的，妳得好好看著他。」

「媽，這個我懂得。可是，我今天怎麼去上課？舅舅家離我的學校很遠嗎？」

「我們今天就得搬出去，我都還沒有收拾停當，怎麼有空載妳去上課？我看妳就留在家幫忙吧？明天我會送妳去學校。」

「可是，媽，我們今天要考試呢。」

「什麼考試？我們都沒地方住，也快沒飯吃了，妳還擔心學校的考試！」

麗莎並沒有什麼地理概念，她以為住在舅舅家，她照樣可以每天走路去上學；哪知，全不是那麼一回事。原來路途遙遠，因此只好每天都由母親開車送她去學校，否則只好曠課了。

自從他們搬家以後，麗莎常常曠課，到後來，她竟有點怕去上學了，因為她已漸漸地趕不上別人。那種心裡的委屈與擔憂，使八歲大的她常常失眠；好不容易到了學校，卻又累得在課堂裡打瞌睡。

他們在舅舅家住了兩個月，倒也相安無事。直到有一天，安迪在客廳裡跟大人一塊兒看棒球賽，他一邊看，一邊還揮著球棒，想效法那些職業球員的打擊技巧。怎知一不小心，他手中的球棒竟脫手飛了出去！接著一聲巨響，那電視機就碎裂在地上了。舅媽驟然臉色發白，瘋了似的對著安迪怒吼，「你這雜種！給我滾出去！我不要你們住在這裡！我再也受不了！你們一家人全給我滾出去！」

他們突然被趕出門，怎麼有地方去？只好縮在車子裡過了一夜。自那一天以後，他們一直過著無家可歸的流浪生活；有時拿到了政府的救濟金，可以住上一兩個月的汽車旅館，有時得借宿在教堂的地下室裡，躲風雨。可是，住那些臨時的居所，沒有一點兒溫暖，也沒地方燒飯，一點都不像個家。後來，靠鎮公所的幫忙，大衛終於找到了一份臨時工，每個禮拜有三天，他負責到鎮上幾家超級市場去載運一些乾貨。他們終於有錢可以租到一幢窄小的活動屋。如此，他們算是有一個家，也安定了下來。

可惜的是，雖然有了地方住，他們家唯一的交通工具卻被她媽媽變賣了。從此，他們不管到哪裡，都得靠步行。沒有車，她母親想出去找工作也不可能了。幸好，學校特地安排了校車繞道去接送麗莎，她才得以繼續上學。

有一天，她媽媽說，「麗莎，我們要出門；妳去把那一輛玩具小板車拖出來。」

本來，他們四處流浪，她媽媽嫌那輛玩具車太佔位置，太麻煩，早就想把它賣掉，可是麗莎卻死不答應。畢竟，那玩具車是她的生父送給的生日禮物，她怎肯放棄？常常，在最灰心傷感的時候，她會拉著那輛車，在附近繞一圈；似乎，她的心情就會好一點。

如今媽媽要把她玩具車拉出來，麗莎不懂。心裡未免忐忑不安，以為媽媽又要把它變賣了。

「今天食物接濟中心要分發糧食，」媽媽說，「我們沒車子，抱不動那大包的乾糧，只好借用妳的玩具板車去載貨了。」

麗莎真想哭，最近他們常常有一頓沒一頓的，如果她去上課，在學校裡還有免費的早餐與午餐可以吃；可是回到家，那頓晚餐就不一定有著落了。有多少個夜晚，她是餓著肚子上床的？她還能忍受那飢餓的煎熬，可是弟弟就吃不消，常常抽抽噎噎地哭到入睡。

那一天是他們第一次到食物接濟中心去領取救濟品。當他們到達時，竟大吃一驚，原來門外已經排了一條大長龍。究竟有多少個家庭跟他們一樣，也在飢餓的邊緣掙扎？到底是怎麼一回事？究竟是誰的錯？

她媽媽把玩具板車裝滿了，然後母女倆繞道走了好遠的路，才回到家。麗莎走得好累，想叫苦，心裡卻明白，媽媽所以繞遠路是怕被熟悉的鄰居朋友看到。她自己雖然才九歲，可是她能體會到那種卑屈與羞辱的心情。她在學校的餐廳裡吃免費的早餐與午餐，多麼令人難下嚥！她知道別人在她背後指指點點地恥笑啊。

那一學年終於結束，麗莎的成績單發下來了，她的總平均得了一個C。她很難過，也覺得很羞恥。雖然她已經盡力而為，可是也無可奈何。這一年來，她經常曠課，在家也沒心思去準備功課呀。

她的母親看了麗莎的成績單，不但沒有責罵她，反而抱著她痛哭了起來。

「媽，請妳不要哭，這都是我的錯。我明年會好好努力，拿A回來的。不信妳等著瞧吧。媽，我真的會很用功，不會讓妳失望的。」

「妳明年怎麼可能拿到A？」她媽媽哭著說，「下個月我們就沒錢付房子的租金了，只好又搬家。麗莎，媽媽很對不起妳。」

「媽，不要哭，不要難受，再過一陣子，我們的日子就會轉好的。」

羨慕與妒嫉

自從懂事以後，清吉即被某種情感所左右，那便是羨慕別人的好運。

小時候，母親帶他到公園的沙坑去玩，他看到別的孩子用漂亮的塑膠水桶裝沙，他就毫不猶疑地伸手去搶。結果挨了母親一記耳光。他號啕大哭了起來，心裡很委屈，為什麼別人有的東西，他卻沒有？

又有一回，他到鄰居家玩，看到地上一只銀光閃閃的口笛，便取過來試了一下，果然可以吹得很響，他好喜歡；於是回家之前，就順手把那小小的玩具塞進自己口袋裡。可惜過不了半個鐘頭，人家就找上門來了，把口笛要了回去。

「你這孩子，真是丟人現眼的，別人的東西怎麼可以隨便拿？你要，就說一聲，我下次買一個回來就是了；你怎麼可以偷拿別人的玩具？」

那一天，他當然又挨了一頓好打。他一邊哭，一邊想，為什麼別人有的東西，他都沒有？

於是他天天等，等著母親買一支口笛回來給他。可是等了好久，等了幾年，都沒等到。他母親早就把這件事忘得一乾二淨，可是清吉卻無法忘懷。每想起童年這段小插曲，他就覺得悲哀，也覺得憤慨。

後來上了小學，一些左鄰右舍的男生都參加了鎮上的棒球隊。清吉長得很高，也很壯，自以為在球場上一定是猛勇無敵了；哪知完全不是那麼一回事。他老是被三振出局，搞得灰頭土臉的，連坐在觀眾台上的爸媽都覺得臉上無光。

反過來看他的同學約翰，他那瘦瘦高高的身子，實在沒什麼份量；但他是個天生的體育健將，在球場上雄姿英發，似乎每次揮棒，都能把飛過來的球擊出外野，真是出盡了鋒頭。清吉心裡酸溜溜的，很不是滋味；那羨慕之心漸漸地變成了嫉妒，每看到約翰在跑壘，就恨不得他跌一跤，摔斷腿。

若是在球場上拼不過別人也罷了；就連在課堂上，他也拼不過春樹。春樹是個中國移民，家庭環境很差；他老爸是個中國餐館的跑堂，一家子擠住在火車軌道旁一間破舊的小木屋裡，年年月月過的都是清苦的日子。可是春樹很用功，他父母也把他逼得好緊，所以他成績優越，應該是意料中的事。可是最使清吉吃不消的是，他父母天天提醒他，要他向春樹看齊，以他做榜樣。那個細眉厚唇，衣著襤褸的春樹，在課堂外是同學們取笑的對象；但在課堂上卻很風光！清吉心裡當然很不服氣。

等上了大學，遠離家鄉，他終於摔脫了一些舊包袱，也得到了自由。可是，他面臨的卻是另一種挑戰。原來學校安排了他和比爾同寢室。比爾是個金髮藍眼睛的美少年，又是個富家子弟。每天，清吉看他進進出出，他的穿著，他的談吐，他的長相與舉止，都顯得那麼文雅高尚；與人相處，也很自在瀟灑，討人喜歡。所以認識他的人都說，將來他一定前途無量。清吉不免自慚形穢；畢竟他只是個小鎮的產物，沒見過甚麼世面；又是中等人家的孩子，也沒甚麼錢。每逢週末，比爾就忙著約會，忙著參加舞宴；而清吉卻為了賺點零用錢，必須到學校餐廳去打雜，煎漢堡。每看到比爾吹著口哨出門，他心裡就酸酸的，只感嘆自己生錯了地方，生錯了家庭；這一生註定與富貴無緣。

然後大學畢業了，有的同學搬到加州，在高科技的公司上班，有的繼續唸研究院；比爾呢，當然輕而易舉地找到了華爾街一家投資銀行的職位，年薪一起跳就是六位數，又有豐厚的獎金可拿。清吉呢，想了將近一年，覺得那些高科技的職位，和那些華爾街的肥缺都不適合他的個性。於是他決定回故鄉的母校當物理老師。雖說他蠻喜歡那份工作，可是收入未免太單薄，僅夠糊口而已。這麼一來，別人開的是賓士車，他開的卻是韓國製的現代（Hyundai）。這樣的差距，怎不令他洩氣？每次出門，就覺得自己比別人矮了半截。

本來，他打算教一兩年書就回研究所深造的；可是在二十四歲那一年，他認識了一個叫「珍珠」的新同事。兩個人都很年輕，也很談得來，清吉更喜歡珍珠清秀的面容，樸實無華的裝束。所以，只結交了幾個月，他就毅然地向對方求婚了。

婚後不久，他們就當了父母；可以說，他應該很滿足。可是，不知怎的，在社交場合中，他老覺得別人的妻子穿的花枝招展，胭脂水粉抹得艷光四射，只有他自己的老婆，不管到哪裡，都是穿著樸素，脂粉不施；那模樣實在很不出眾，他也覺得臉上無光。

有時候半夜醒來，他輾轉反側，想著該怎麼奮鬥，才能出人頭地。可是想來想去，都不知道從哪裡起步。畢竟，他沒有本錢，也沒有半點兒做生意的頭腦；雖然他做事認真謹慎，卻沒有創業的野心與魄力；況且都已經有了家累，他還能硬闖嚒？

他覺得自己這一生都在掙扎中，一心想追趕上別人，可是卻一直落在人後；越想追，卻離得越遠。

後來，他什麼地方也不去，只謹守自己的職位，繼續教他的物理課了。春天到了，就在後院裡開闢菜園，種一些家人愛吃的菜蔬與水果。夏天到了，他只陪著妻子到附近的公園去散步；每到週末，就帶了妻子兒女到爸媽家吃頓晚飯。日子過得平靜無波，但他心裡無法平衡。每到了夏天，別人都帶妻子兒女到國外去旅遊；回來以後，把所見所聞說得天花亂墜，還要放映影片，讓親朋欣賞。他總是心懷妒嫉，坐立不安，也覺興味索然。

他心裡常怨嘆著，為什麼別人都能享受到人生無窮的樂趣，而他卻為了那麼一點薪水而天天都被關在辦公室裡？他覺得這個世界真是不公平；為什麼別人飲的是美酒，而他喝的卻是冷開水？

然後一夜醒來，竟發覺全國的經濟突然間崩潰了！它就像一陣龍捲風，毫無預兆地降臨，所到之處，一片狼藉，似乎無人能倖免。他眼看著那些平日走在雲端，擁有崇高地位與財富的人一個個生意倒閉，一個個失業在家，都陷入了經濟困窘的泥沼；都變得垂頭喪氣，無法自拔。清吉雖然沒受到很大的影響，卻也感染到了那種大禍臨頭的恐慌與焦慮。

就在那懸空無定的日子裡，他家竟來了一位不速之客；原來是在華爾街上班的比爾。清吉有多少年沒見到這位老同學了？如今對方突然上門來，真有點受寵若驚，只牢牢地握住對方的手。

「比爾，你這一向可好？」

比爾苦笑地搖著頭，一副無奈的神色。「我們全家都搬回去跟我父母住了。我本來在一家投資銀行工作，錢真是用畚箕掃進來一樣，根本花不完。可是我仍舊不知足，兩年前乾脆辭掉了工作，和兩個同事一起出來組織一家投資公司。哪裡料到，我們剛剛起步，就碰到了經濟崩潰的危機，硬撐了一年以後，只好宣告倒閉了。真不能相信，在那麼短短的時間裡，我們竟然變得身無分文，而且還欠了一身的債務；大概這一輩子都還不清。你也可以想像，紐約的生活費有多高，我怎麼可能繼續呆下去？只好搬回老家，依靠爸媽了。」

清吉一面聽，心裡一面想，這怎麼可能？他如何能相信對方所說的話？他做夢都沒想到，自己心目中最羨慕的對象，那個黃金般的少年，那個前途無量的比爾，如今竟會走上窮途，竟然債臺高築。

「你有什麼打算呢？」

比爾搖搖頭，「我也只好過一天算一天罷了。我有一些華爾街的老同事，房子也都被銀行沒收了。有的承受不了壓力，得了心臟病，住進了醫院；我還有一個舊同事，心裡鬱悶，不肯出門，一天到晚都穿著睡衣，呆坐在電腦前面。還有幾個，本來都是娶的美嬌娘，現在夫妻卻天天吵架，鬧離婚……」

清吉聽得心驚膽戰，悲憫之心油然而生，「沒想到經濟一垮，竟會影響到那麼多人；我每天看電視，看報紙，聽到的都是壞消息，卻很難相信都是真的。這樣下去還得了？真是讓人恐慌！」

比爾抬起頭來，望著清吉，低聲地說，「還是你這樣好，穩紮穩打，職業安定，甚麼都不用擔心。我想問你，你們學校有沒有教員的缺？我可以教數學，你記得吧？我的數學很棒。」

說著，他尷尬地笑了。

清吉這才恍然大悟，原來竟也有人羨慕他；竟然有求於他。

他以心比心，猶如刀刺。記得自己曾經那麼羨慕比爾的輝煌前途，如今，看到他那副垂頭喪氣的神情，怎不令人心酸？

多麼難以想像啊，在那麼短的時間內，多少人的境遇竟完全改觀了。他這才看清了，原來人的一生，就像用撲克牌堆疊起來的紙房子，哪堪風一吹，就垮了。原來一個人的地位，財富，學識，能力，容貌都不能保證他一生的安定與幸福。

以前，他一直沉陷在沼澤中，因為羨慕別人而失去了自己；對自身擁有的一切都無動於衷，因為得來全不費功夫，所以都看成了塵土，不懂得珍惜。

如今他悟解到，這個世界畢竟是公平的。雖說有的人錢財用不盡，可是他們的為人卻不一定善良；有的人容貌出眾，卻缺乏智慧與毅力，所以變得「紅顏薄命」；有的才智過人，卻也不一定值得羨慕吧？他們也許沒有健康的身體，賢惠的妻子，可愛的兒女？

他何必去羨慕別人？他要懂得知足，要珍惜自己擁有的一切。畢竟，誰能預料，明天會帶來什麼樣的命運？

臺灣的夜市

近年來，常看到報章雜誌及影視上提起臺灣的「夜市文化」，我不免好奇，到底夜市的興起與臺灣的「文化」有什麼相干？

依我的瞭解，「文化」這兩個字是一個國家或民族的歷史，地理，風土人情，傳統習俗，生活方式及價值觀念的統稱。若說「夜市」已成為臺灣社會的文化表徵，那麼這個趨勢意味著什麼？

記得小時候，若是夜裡想吃點心，除了肉粽以外，並沒有什麼別的選擇。雖說小鎮上有一些夜攤，但零零散散的，寥寥無幾；若想去買點心，不但要走一段路，還得自己帶食盒去裝，實在很不方便。在一般年紀較大的臺灣人心目中，每提及宵夜，就會聯想到「燒肉粽」這首歌；它代表了臺灣光復以後民間貧困的生活。一些勞動者為了維生，只得扛著重擔，或推著雙輪車沿街叫賣，過著風刮雨淋的苦日子。

到了六十年代，有不少農村人口移居到大城市討生活。因為他們是外地人，既沒有什麼學識，也沒有一技之長，實在謀生不易，所以只好挑擔沿街賣零食或小吃度日。這種小本生意，也算是為那些離鄉背井的人製造了就業的機會。漸漸地，這一批人聚集在街角或巷弄裡，做起生意來了；夜市也從此崛起。

到了七、八十年代，臺灣的經濟起飛，城鎮的生活也越來越繁華，夜市也就更熱鬧興旺了起來。其實，若仔細想一下，夜市不能算是一個城鎮繁華的象徵，相反的，它只不過是一種非法的地下經濟的蔓延而已；那些小販都不必付店面的租金，也不向政府納稅，它以廉價的次等物品來吸引一些貪便宜，或錢袋拮据的顧客。早期，我們每到夜市去逛，就會看到一些擺地攤的小販，時時刻刻都驚心膽戰，怕警察來取締或沒收他們的貨品。可以說，他們生活在都市的縫隙裡，只能勉強度日而已，實在值得同情。

到了二十一世紀一〇年代的今天，臺灣的夜市又改觀了，雖然仍舊是熱烘烘的、擁擠的市場，仍舊是混雜髒亂的地方，可是政府已經不再取締了，反倒還做廣告，還要提倡「國際觀光夜市」，還要發揚「夜市文化」。為什麼政府會改變政策呢？到底夜市賣的是什麼樣的東西，竟然每天都能吸引成千上萬的人到那裡去？

就以士林夜市為例吧，你想到那裡很容易，只要坐捷運到劍潭站，一下車就到了。它的規模實在很大，把幾條街塞得水洩不通，人車都是寸步難行。它主要分成兩個部分，專賣飲食的攤位就有新舊兩個地段；過街的另一邊則是數不盡的店面與街攤，賣的是百貨，應有盡有。

先說飲食攤吧，雖然初看起來，那些攤位好像雜亂無章，又擠又吵又髒又亂；但仔細看一看，又覺得每一個攤位都各得其所。賣蚵仔煎的，海鮮羹的，果汁的，肉丸的，滷味的，都各依類別而聚合在一起，如此這般，客人若想吃肉羹，他們就直接到專門賣這種小吃的地盤，也不必費心找尋了。若是客人吃著肉羹，卻還想吃滷肉，那也簡單，只要跟夥計說一聲，馬上就有人從別的攤位送過來了。這些攤販都會互相照顧，互相幫忙；是有福同享，有難同當的江湖氣概。

為什麼夜市的飲食攤會引來如此多的食客？大概現今的臺灣有很多單身的男女吧？他們像漂泊的船隻，沒有個家可讓他們停泊靠岸；回住所去，也只是寂寞孤單。他們哪有興致去炊煮？當然是隨便在外面吃了。即使有家庭的人，一般的主婦也變得疏懶了，都不肯為三餐而繁忙吧？我有一個親戚，她已經兩年沒買米了；她說，反正在外面小攤上吃，或者買個便當回家，就可解決了一餐，真是又便宜又方便，何苦還去動灶？還要收拾碗碟，洗鍋鑊？依她的計算，在外面吃反而省錢呢！因為飲食攤用的是大鍋飯的做法，薄利多銷。顧客也不苛求精緻，只求填飽肚子而已。更何況在外面吃，可以天天換口味，很有新鮮感；擠在人群裡，跟人湊熱鬧，看花花世界，真是何樂而不為？無可否認的，在夜市的飲食攤上，可以嚐到臺灣各式各樣的小吃，但若說那是美食，就很難讓人信服了。至於夜攤的飲食是否衛生？是否有營養？好像都沒有人去深思、煩惱。

除了飲食攤，那些擺雜貨的地段，也是一到黃昏就呈現了水洩不通的熱鬧場面。其實他們賣的貨品都是便宜貨，甚至是假貨。還有許多的滯銷貨，在一般的店面根本就賣不出去的，可是搬移到夜市的攤位上，就能流通暢銷了。為什麼夜市能吸引眾多的人去買那些便宜貨，假貨，和滯銷貨呢？當然，說來說去，都是價格低廉的緣故。因為到夜市閒逛的顧客，除了一些好奇的觀光客以外，大多是年輕人及勞工階層。勞工階層的錢包裡面並沒什麼錢，所以他們沒什麼選擇，只能到夜市買便宜貨。而年輕人呢，他們渴望擁有名牌貨，卻又買不起，只好買假貨騙騙人，騙騙自己。他們到夜市買衣物，買皮包，只要是新潮，只要款式年輕，也不在乎品質的低劣。他們雖然錢不多，可是花起錢來，卻也不用大腦，只衝動地買下屬意的貨品。

我可以瞭解，夜市很平民化，貨色又便宜，去逛的人有的是愛新奇，有的是去湊熱鬧，有的是貪便宜，但不管如何，這種地方並不代表地方經濟的繁榮與興旺；相反的，它是一種變相的，畸形的發展。可以說，夜市文化的興起，毋寧是一種經濟沒落的象徵。我們仔細想一想吧，若是一般的百姓都有足夠的收入，他們還會擠到夜市的飲食攤去吃晚餐嗎？會去夜市的攤位買衣物及日常用品嗎？誰不想去一流的餐館享用精緻的料理？誰不想到高級的百貨店去購買一流的品牌？高級的貨色？

幾十年來，臺灣的夜市一直被視為製造髒亂，妨礙交通的都市之瘤。曾幾何時，政府卻提倡起夜市來了，而且不遺餘力地向國外觀光客推銷，還美其名為「夜市文化」。我曾到高雄的「六合夜市」參觀過幾次；那裡確實熱騰騰的擠滿了人。不可思議的是，到那裡光顧的客人竟有百分之七十以上是「陸客」！我只知，不管走到哪裡，灌入耳朵的都是讓人起雞皮疙瘩的北京腔，他們與攤販討價還價的霸氣與吵嚷更使人厭惡與膽寒。我和他們擦肩而過，竟有被外夷入侵的錯覺，心中不免產生了惶恐與不安。

如今臺灣的夜市遍佈全島，不管是在大城市或小鄉鎮，都如春筍一樣地叢生。但我覺得夜市絕對不代表國家的繁榮富強，相反的，它意味著一般百姓的生活方式及價值觀念的改變；也是國家的經濟式微，文化沒落的表徵。

小琉球的悲歌

我們夫婦倆每一次回臺灣，一定去高雄找姐姐，然後由她帶領著到處去玩；幾年來我們真玩遍了南臺灣。這一次姐姐說，「我們坐船去小琉球看看吧？聽說那裏海景很美，而且又可以吃到各種各樣的海鮮。」

於是我們就去了，在那裏過了一夜。只覺那裏其實沒什麼好看，也沒什麼好玩，真有點失望。第二天下午，我們又坐上船，回東港。在港口攔了一部計程車，準備回高雄。

那司機是個年紀約三四十歲的婦人；車子開出市區沒多久，坐在她身邊的姐姐就跟她聊了起來。我在後座聽得津津有味。

「你們住在高雄的哪一區？哪一條街？」

我姐姐跟她說了，又順便問了一句，「妳也是高雄人嗎？」

「不是，我是小琉球人，前兩年才搬到東港來的。」

「啊，這麼巧！我們在妳的家鄉玩了兩天，剛剛才回來的；在那裏吃了很多海鮮。」

「我們家幾代都是討海人；以前島的附近海產很多，大魚小魚捕不完，可是到了我們這一代，已經沒什麼魚可以捕了；每次出海就得把船開到很遠的公海去，越航越遠，也越危險，可是也沒有辦法呀，不然就得放棄討海的生活。只是小琉球這地方根本沒有田可以種，也沒什麼別的工作，那些年輕力壯的男人不得已，只好離開家鄉，另找出路了。你們這兩天在那裡，大概只看到些婦孺老幼吧？」

「真可惜了，離鄉背井的。」

「我和我丈夫兩個人到這裡來當計程車司機，是為了大兒子。小琉球只有四間小學，一間國中，孩子若想要多唸幾年書，就必須到本島來上學；可是我們做家長的不放心讓孩子獨個兒住在這裡，所以只好全家都搬過來了。」

「妳大概常回小琉球去看看吧？」

「怎麼沒有？我們一家人都還住那邊。去年我叔叔到公海去捕魚，被菲律賓的巡邏艦捕了去，拘留了六個月，一直都把他綁在外面，一天到晚說打就打，又不給吃，不給穿，把他當畜牲看待。後來我們族人湊集了六萬美金，才把他保回來。現在他整天待在家，整個人瘦得皮包骨，腿瘸了，不能走路，好淒慘。我每次回家，看了就難過，總要哭好幾天。」

我姐姐不信地問，「為什麼菲律賓政府那麼霸道？怎麼可以到公海去抓人？這不是海盜行為嗎？」

「菲律賓就是那麼霸道，跟他們是有理說不清的；其實不只他們，印尼的政府也是一樣；他們一看到漁船的桅杆上掛的是青天白日滿地紅的旗子，就知道有油水了，可以敲詐了。他們哪管你的船是在公海上還是在他們的領海裡面？反正被他們看到了就抓。」

「難道我們的政府都不肯出面替你們交涉嗎？怎麼能讓自己的國民被人隨便逮捕？被人關起來？任人敲詐？」

「有什麼辦法？我們不懂他們的語言，被他們捕了去，真是求告無門，欲哭無淚呀！政府跟他們又沒有邦交，根本沒有正式的管道可以溝通，我們這些漁民只好默默忍受罷了。所以現在有人說無論如何要加入聯合國，我們完全贊成，也覺得非爭取不可的；在國際上，臺灣必須被承認是一個獨立國，我們的政府才能夠跟人交涉，才能夠保護自己的國民；我們在外面才不會被欺負，才能夠討個公平。」

「這樣的事件很多嗎？我們怎麼都很少聽到這種報導？每天只聽到綠營和藍營的在電視報紙上罵來罵去，也沒聽說有人願意出錢出力去救回自己人？」

「我們漁人可以說是全國最弱勢的一群了；我們稅繳得多，可是沒有得到任何的權益或保障。我們一出海就要靠天公的保佑，因為沒有人肯幫我們的忙。去年，我們家的舊鄰居買了一艘全新的遠洋漁船，雇用了二十幾個印尼船員，結果，那艘船竟然不知去向；倒是我那鄰居的屍體漂流到岸上來了。他太太飛到印尼去認屍，那邊的海關一看到她的中華民國護照，就把她扣留下來了，還將她身上帶著的全部現款和金子都沒收了去。這樣的國家，這樣的種族，跟原始時代吃人肉的野蠻人有什麼兩樣？」

「好可憐；政府真的從來就不肯出面，替自己的國民做個公道？」

「我們當然希望能抓到那些謀殺犯，也希望能把那艘新船找回來，可是奔波了幾個月，得到的總是同樣的回答：船不曉得漂流到哪裡去了，怎麼去找？我們跟印尼沒有外交關係，那些兇犯，根本沒辦法追究。

「所以，我們一定要想辦法，一定要支持政府的努力，加入聯合國！這樣我們才會有一個國家的尊嚴，才能跟人交涉；不然，在國際上，我們這個國家，我們這兩千三百萬人民，都好像不存在一樣。」

這時，我忍不住好奇，把心裡的疑問說了出來，「你們既然知道那些印尼的船員大多是無法無天的兇犯，為什麼還要雇用他們呢？怎麼不用我們自己人？」

「妳不知道，小琉球的成年男人一個個都是正式註冊登記的船長；小船長出海，只有他自己一個人；大船長出海，底下有二三十個船員。可是，不管是大船長或是小船長，他們都很獨立，哪裡肯當船員？哪裡肯當人家的幫手？而且，我們臺灣人薪水也高，一般人付不起，只好請外勞了。」

我很驚奇，那個年紀輕輕的司機竟然口才好，思想又很敏捷，我聽她說了許多她家鄉的事，學到了不少。真沒想到，小琉球那地方隱藏了許多的悲哀，許多無法解決的苦痛與無奈。我們雖是偶然的過客，其實都是手足同胞，怎能不為他們怨嘆？

旅遊感懷

馬德里的黃昏

今年四月下旬，我們夫婦倆參加了為期兩個禮拜的西班牙之旅；旅遊的第一個目的地是西班牙的首都馬德里。事先我已知道，在馬德里停留的期間，我們會去看一場鬥牛表演。雖然我對鬥牛這玩意兒一無所知，但有機會去開開眼界，怎不令人興奮呢！真是急不及待的心情！

在馬德里停留的第三天下午，我們從郊外暢遊回來，也沒有時間休息，就直接去鬥牛場。一路上，導遊先跟我們解釋了鬥牛的歷史，比賽的規矩，及鬥牛士的技巧與服飾等等，讓我們這一些外行人先有一點兒認識與心理準備。据他說，鬥牛的表演至少已有一兩千年以上的歷史，有的人認為這種人與獸的競賽是公元前羅馬征服了西班牙以後介紹進來的，從此在這裏生了根；後來隨著西班牙的船艦而傳佈到了殖民地如墨西哥，和南美洲。幾世紀來，鬥牛已成了西班牙的國粹，也代表了西班牙的國魂。只是，近年來，有不少西班牙的年輕人很反對鬥牛，甚至於鄙視這種殘忍而血腥的運動，他們以這種傳統文化為恥，認為它的存在使西班牙在世人的眼光中顯得野蠻而落後。可是一般中年以上的西班牙人仍很熱衷於這遊戲，認為它不但是一種運動，更是藝術的表徵，它戲劇化地融合了生，死，哀，樂，成功與失敗，勇氣與懦弱的複雜情感。

很明顯的，鬥牛比賽已漸漸的式微；但即使如此，每年從三月到十月的每一個星期天及特別假日，西班牙的幾個大城市都會有鬥牛表演；尤其是馬德里及塞爾維亞這兩個聲望最高的地方，仍然很有號召力，能吸引很多的觀眾，而一些技高膽大的鬥牛士也都爭先恐後，要到這裡來顯身手。

至於鬥牛士所要面對的勁敵，絕非等閒之輩；與我們熟悉的乳牛和肉牛完全是不同的品種。這些公牛血統精純，身世來歷都有詳盡的記錄，就跟賽馬用的純種駿馬一樣。他們全都是在特定的幾個牧場裏生養下來的，從小就得經過層層的考驗；若是不合格，馬上會被送到屠宰場去。留下來的，都是猛勇而兇狠的野獸。牠們只等這麼一天，被趕進鬥牛場，在黃昏的陽光下，在幾萬人的呼喊聲中，與人狠鬥，至死方休。這種牛全身黧黑，眼睛發著火般的凶光，一見到人就攻擊。聽說牠們非常聰敏，記憶力也很好，所以一生只能鬥一場；若是讓牠們有第二次戰鬥的機會，牠們一定不會只繞著那塊紅布團團轉，而早用牛角把人觸死了。

馬德里的鬥牛場叫Plaza Monumental（又稱Las Ventas），是一幢龐大古老的露天圓形劇場，在接近黃昏的時刻，那兩萬五千個座位，有一半是在陰涼處，另一半則面對陽光的照射。而那鋪上細沙的鬥技場，也是一半陰涼，一半灑滿了陽光。我帶著好奇，環視著劇場，只見向陽處，觀眾稀疏稀疏，而我們這一邊陰涼的地方，卻坐滿了人。

六點正，樂隊奏起了Paso Doble（鬥牛歌）；然後門開了，一群服裝鮮豔的人魚貫出場。他們步行著繞場一週，向觀眾致敬，而台上的群眾也回報以熱烈的，期待的，鼓舞的掌聲與歡呼。遊行的行列中，卻有六個鬥牛士騎著馬持著槍矛；那些馬匹的腹部都蓋著一層厚厚的棉被（棉布裏面還縫了皮革與帆布）；這是因為從前馬匹上陣時，經常被蠻牛穿腸破肚。據記載，在一年四百二十幾場的鬥牛賽裏，就有七千五白匹以上的馬死亡。後來，為了保護馬匹，只得為牠們穿上了護身衣。

當然，在那耀眼的行列裏，有三個穿得最華麗，色彩最斑爛，衣褲最緊身的，就是技高人膽大的屠牛士（matadors）了。每個屠牛士又有六個鬥牛士當助手；那排場真是浩浩蕩蕩，無比的威風。

繞場遊行以後，他們都退到了木造的圍牆邊。然後有一個人走出來，繞場展示他手中的一塊牌子，上面寫的是第一頭牛的重量：五百四十公斤（一千一百九十二磅）。

隨著一陣喇叭聲，獸門被打開了，一隻碩大肥壯的黑牛，以閃電般的速度，悶雷般的蹄聲，衝進了鬥技場。牠全身浸浴在金色的陽光裏，閃閃發亮。早有一個鬥牛士跨了出來，準備迎戰；他一邊大聲地叫囂挑戰，一邊翻轉著手中的紫紅色斗篷，要吸引那頭牛的注意。果然牠以雷霆萬鈞的威力與速度奔過來，對準了那飛舞的斗篷衝刺；那鬥牛士輕易地閃到一邊去了，黑牛落了空。可是牠並沒那麼輕易就放棄，只一霎那的猶疑，又轉回身衝擊過來。那鬥牛士並不戀戰，一直往後退，等到牛已逼到身邊，他身子一閃，躲到一堵小木柵後面去。那頭牛看到對手躲起來了，不禁大發雷霆，硬要攻進去。可是小木柵很狹窄，僅夠兩個人並排容身，牛如此龐大，哪裏闖得進去？牠更加的憤怒難當了，猛力地用頭抵住了那小木柵，不停地碰撞。

這時，另一個角落的鬥牛士出場了。他踏著迅捷的腳步，一邊叫陣，一邊揮動著斗篷，向那黑牛逼近。果然，那頭牛的注意力被吸引了過去。於是，又一陣的衝刺與奔騰，那鬥牛士也依樣畫葫蘆，躲到另一個角落的小木柵後面去了，那隻牛如何能忍受？當然更加憤怒了；牠用頭抵住小木柵，又不停地猛撞。

終於，一位華服的屠牛士出場了；他是這場鬥牛的主角，最後舉劍將這頭牛刺死的就是他。

果然，他身手非凡，腳踏著敏捷而優雅的步伐，很有韻律地揮動著他的斗篷，把一頭肥壯，蠻橫的黑牛搞得團團轉，橫衝直撞。就在這時，那頭與他擦身而過的牛，突然間纏住了斗篷，將它挑落到地上。頓時，那屠牛士毫無抵禦地站在那裏，與黑牛面對著面！我不禁驚叫了起來！幸好，三個站在旁邊備戰的鬥牛士馬上奔出來，將牛引開去。那屠牛士趁機小心翼翼地把斗篷撿起來，才又繼續跟那牛纏鬥。

漸漸地，那斗篷飛舞的弧度變小了，節奏變快了，黑牛被搞得有點不知所措，暈頭轉向。

然後，那屠牛士轉回身，帶著自信而優閑的步伐，退到圍牆邊。

此時，喇叭又響了起來。

兩個鬥牛士騎著馬，帶著矛，快步地進場來了；這時我才注意到，原來那兩匹馬的雙眼都被蒙住了。其中一個鬥牛士退到一邊去備戰；另一個繞著牛轉，向牠挑釁。黑牛狂奔了過來，猛向那匹馬進攻；但是那馬什麼也看不到，都不知膽寒，只聽話地站在原地不動，任由那碩大的牛頭撞擊，任由那尖銳的牛角攻刺。這時，那馬上的鬥牛士趁機舉起槍矛，猛向牛的頸部刺去！那牛傷痛難當，更加狂亂地往馬腹猛撞，那鬥牛士又趁機向牛的肩胛骨部位刺去。牛與馬與人，就這麼糾纏在一起，難解難分。

然後，三個屠牛士一起出場了，他們把牛引開，然後輪流向牠挑戰。他們使出了渾身解數，像跳芭蕾舞一般，手中那條華麗耀眼的斗篷，像弧形的彩虹，在他們腰邊飛舞波動著。那頭牛，一下子奔東，一下子奔西，牠一個戰三個，身上又受了傷，似已疲於奔竄。牠的攻勢，似已漸漸地變緩。

這時，喇叭又響起，屠牛士都退到牆邊去。

又出來了另外三個鬥牛士；他們兩手各握著一支短短的標槍，槍身裝飾著色彩鮮豔的紙條。第一個鬥牛士走向前，對著牛呼喊，揮動著手中的標槍。那只牛奔過來了，霎那間，已衝到了鬥牛士的面前！那鬥牛士猛地一轉身，閃到一邊，同時將雙手中的標槍一起丟出去，刺進了那頭牛的頸項。

第二個和第三個鬥牛士接著上場，他們表演了同樣的動作，也都同時將手中的一對標槍丟出去，精準地刺進了牛的雙肩。

那頭牛身上，如今懸掛著六支彩色的標槍，那暗紅的血，不斷地滲出來。看著那頭可憐的牛，我這才悟解了，什麼叫「掛彩」。

喇叭又響起來了。

此時，那一位被指定要殺死這頭牛的屠牛士再度進場。他右手中握著一支劍，左手拿著一條大紅的披肩。他站在場子的中央，在陽光的照射下，開始揮舞著披肩。那條牛，雖然已經受創，肩頭染成了暗紅，卻仍鬥志昂揚，一而再，再而三地進攻，鍥而不捨地追逐著。牠每次攻擊，都與屠牛士擦身而過，讓人心驚肉跳；而觀眾的情緒也隨著每一次人與獸的交接而更高昂，「Ole」之聲，不絕於耳。

只是，在不知不覺中，我已不再為那個手中提著一支長劍的屠牛士加油。

「衝呀，衝呀！不要放棄！你不能放棄呀！」我大聲地對著那頭牛喊。

可是，當那條牛掀落了紅布，向屠牛士逼進時，我又失聲驚叫了起來。多麼讓人驚佈的片刻！我實在不忍看那頭牛被如此的傷害與折磨；但我更怕看到那屠牛士被刺傷。

漸漸地，那頭牛不再左衝右擊，牠那原本壯實的身軀，如今竟顯得笨重而遲緩了。牠大聲地喘著氣，口角垂著泡沫；牠的頭，因為肩膀與頸部的傷口而抬不起來了。

然後，那屠牛士走到圍牆邊，將手中的劍換成了另一把長長的利劍；這才又轉回身，繼續與那條牛過招。終於，他直直地站在牛的面前，左手揮動著紅布，就在牛低著頭，正要勾住紅布的當兒，他右手中的長劍已如閃電般，刺入了牛的雙肩之中，那劍深埋進去，只剩下劍柄露在外面。那頭牛，立時噴血如柱，歪倒了下來。

馬上就有幾個人趕著兩頭馬進場來，匆匆地把屍體拉了出去。同時又出來了幾個提著掃把的工人，他們將撒了血的沙地掃過一遍。一切，又恢復了原來的模樣。

然後，那獸門又開了，另一頭牛跑了出來。

這牛精瘦了一些，也更猛勇敏捷了；有一個鬥牛士竟被牠追得逃不及，只好跳牆躲開了。這頭牛從進場以後，一直奮戰不休，幾次三番把屠牛士的斗篷拉扯到地上。也許那屠牛士心懷畏懼吧？竟然在置死的最後一刺時，沒能抓準那致命的部位，因此劍身有一半還露在外面。那牛受到重創，更加的憤怒發狂了，只拚命地奔竄，不肯倒下來。那屠牛士灰頭土臉地拿了一把匕首，對著牛頭，一刀刺進去，那牛立時斃命。

幾個人趕著兩頭馬，再度進場來收屍，只是，我已不忍看。

又出來了幾個提著掃把的工人，他們匆匆地把染了血的沙地掃過一遍；一切，又恢復了原來的模樣。

第三頭牛出現了。一切又從頭來。

只是這頭牛，沒有勇氣，沒有耐力，也不夠敏捷。才出場不久，牠已氣喘吁吁，口沫外流，大聲地咆哮。還鬥不到十分鐘，牠因周轉不靈，跌倒在沙場上，爬不起來，那鬥牛士只好拉著牛角，幫牠站起來！那頭牛，也真夠窩囊。

鬥完三頭牛，總共才花了一個鐘頭的時間，上半場就這麼結束了。我們為著趕去飯館用晚餐，也沒留下來繼續看下半場。

當晚，我左思右想，一直睡不著；腦子裏翻轉著一幕又一幕的鬥牛情景，心裏充滿了憤慨，不忍與同情。

我想，以殺害一條有靈性的動物做為大眾的娛樂，實在太不公平，太殘忍，太血淋淋。

日本旅途拾穗

札幌的少女

二〇〇七年九月底，我們夫妻參加了一個旅行團，到日本北海道及本州東北地區去玩，最先到的地方是札幌。也許那城市沒什麼自然景色吧？所以導遊把我們帶到一個商業區，給我們兩個鐘頭的時間買東西。

那條商店街的創意巒新穎的；一段接一段的行人街，一直綿延下去，兩邊的商店至少有上千家，可說是購物者的天堂了。只可惜我不曉得要買什麼東西；只逛了半小時，就覺得很無趣，乾脆找個地方坐下來，望着來往的人群評頭論足，以消遣時間。

這時已近下班的時分，購物街越來越熱鬧了；有西裝筆挺的男士，有成群結隊的學生，也有不少家庭主婦，但絕大多數是少女。他們都身穿迷你裙，腳踏高跟鞋或長筒靴；那樣子，也夠摩登的。奇怪的是，她們一個個長得又瘦又小，似乎都先天不足，營養不良，臉色黃黃的，頭髮也染成稻草般，而且走起路來，膝蓋一彎一彎的，身子也跟着一頓一頓；那樣子，好像每踏出一步，都要承受不少的苦楚，讓人看了，憐憫之心油然而生。

啊，札幌的少女呀，妳們走路的時候，腰背要挺直，步伐要輕盈，這樣才會顯得精神奕奕，婀娜多姿呀。

烏鴉

我們去參觀札幌市區的一座紅磚建築，那是舊市政府大樓。聽說它是仿照哈佛大學的辦公大樓蓋的；也難怪，看起來似曾相識。

大廈前面有一座很寬敞的花園，園裡到處都是高大的古松和上百年的老樹；又有一座池塘，養了些鴨，一些天鵝。但讓人吃驚的是，舉目所望，那許多在天上飛，在地上走，在樹上棲息的，不是什麼珍貴，稀有的鳥；而是一群又一群的烏鴉。牠們一隻比一隻碩大，都像黑色的肥雞一樣，不但形態醜陋，聲音更是聒噪難聽，真讓人看了不舒服；聽了心裡煩躁。

真奇怪，這個城市都要被烏鴉給侵佔了，難道他們沒辦法驅除那些怪物嚒？

一問之下，才恍然大悟，原來日本人對烏鴉有一種特別親切的感情；對他們來說，烏鴉是一種吉祥的鳥，會給人帶來好運。他們大清早出門，一聽到烏鴉的叫聲，就滿心的喜悅，還對自己說，「真是美好的一天的開始。」

日本人跟我們很不一樣，是不是？

小樽運河

小樽在札幌附近，是一座古色古香的小城，它最出名的產品是音樂盒，最特出的建築是商店街的一整排老房子，最羅曼蒂克的地方，便是他們那一條小樽運河了。聽說在日本，情人與新婚夫婦都喜歡到小樽運河來散步。這就像美國人喜歡到尼加拉瀑布，臺灣人喜歡到日月潭去度蜜月一樣吧？

那一天，我們花了整個早上的時間逛街，買禮品，又吃了一頓很美味的燒烤大餐，然後一對對夫婦都到運河去散步。那運河與海相通，水深而清澈，岸邊的走道整理得潔淨雅致，又有花樹的襯托，很是賞心悅目。

聽說夫婦要手牽着手，沿着運河散步，才能白首偕老。可惜，我當了丈夫幾十年的牽手，如今來到了這風光明媚的水邊，他卻絲毫沒有跟我牽手散步的意思。我心想，不牽也罷，誰稀罕！

接龍車

我們到了大沼湖，導遊說，她要安排我們騎接龍車。什麼是接龍車呢？我們好奇地問。

「到那裡就知道，很好玩的。」她說。

我們這一團，加上導遊，一共三十九個人。最年輕的才大學剛畢業，最年老的已有八十三歲了。到底，那接龍車是什麼玩意兒，竟然老少咸宜？

原來是要我們坐三輪腳踏車，它比小孩騎的三輪車大一倍，卻比一般大人騎的腳踏車矮得多。在前面領隊的是腳踏車行的一個年輕的男職員，他的車後面就掛着第二部車的前輪；然後第二部車的後面就掛着第三部車的前輪，如此這般，車子一部銜接著一部，就這麼串接成了一條長龍。大家看到這麼有趣奇怪的騎車方式，都笑開了，也都迫不及待地坐了上去。

為首的那個店員一聲令下，於是這條龍一下子就活跳了起來，開始往前奔竄！大家一邊笑得前仰後合，一邊又猛力地踏着車。

領隊的那個日本人，不知從哪兒學會了幾句中國話，如今大聲地喊，「大家加油！前面的已經累了，後面的加油！」

就這樣，我們蜿蜒地貫穿過街道，又繞湖一周，引來了街上的群眾，和公園裡散步的遊人都駐足觀看；他們也跟着歡呼，鼓掌，加油！

「臺灣加油！美國加油！」那領隊的又大聲地鼓舞。

「前面的累了，後面的加油！」

我們的聲勢真是浩大，大家一邊大聲地歡呼，一邊喊加油，一邊笑得喘不過氣來。原來那接龍車有一條街那麼長，卻只有為首的龍頭可以轉變方向，而其餘的三十九部車子都只好尾隨在後面。接龍車不停地轉彎抹角，竄進竄出，大夥兒糾纏在一起；有好幾次，前面的龍頭和後面的龍尾險險地擦身而過，差一點相撞！

多麼有趣！還有比這種遊戲更讓人開懷大笑嗎？

騎了三輪車之後，我們又坐船去遊湖。那大沼湖的湖光水色，還有點綴在湖中的那些小島，都顯得那麼飄逸俊秀；可惜大家都累了，所以沒有那麼大的的興致去欣賞眼前的景致。

奧入瀨溪流

奧入瀨溪是從十和田湖流出來的一條娟秀的小溪；它是日本人最引以為傲的自然景觀；在日本月曆上常常會看到這條溪流的風光。那一天，我們沿著溪畔漫步，聽到的是溪水的奔流，和各種鳥禽的鳴叫；看到的是茂密的樹林，和數不清的大大小小的瀑布。那些瀑布，有的風姿綽約，如臨風而立的少女；有的像新娘子的面紗，充滿了神秘；有的氣勢磅礴，如一群奔騰的駿馬。

沿着溪岸走去，偶爾會看到石縫中有一兩朵盛放的野花；偶爾會看到一片不知從何處飄落的楓葉。因為水中的一片楓葉，使我想起了一個朋友的話。她說，日本的妻子為丈夫準備午餐，不像你我，把前夜吃剩的飯菜裝進飯盒就算數；她們一大早就起來，花了好多時間燒飯做菜，有時還會在飯盒上擺點裝飾，讓那做丈夫的，在打開飯盒時，會發出會心的微笑，或感到意外的驚喜。譬如說吧，在立秋的那一天，做妻子的會刻意地去尋覓一片最完美，最艷麗的紅葉，然後把它放在飯盒上。做丈夫的，一看到那片樹葉，就知道，原來已到了秋天！

哎，那麼細膩的心思，那麼脫俗的詩意！日本女人真是了不起。而生為日本男人也真幸福，有這麼體貼的妻子，可謂天之驕子。

不過，反過來說，如果做丈夫的是個粗線條的魯男子，他大概無法體會到妻子的心意吧？也難怪，最近看到一則報導，說是有一個日本太太，恨極了她的丈夫；發誓死了以後，絕不跟他埋在一起！

另有一個日本太太，幾十年來都被她丈夫當下女看待；她當然懷恨在心，就在丈夫退休那一天，她偷偷地把他所有的退休金從銀行帳戶裡提出來，然後離家出走，從此不見蹤影。

哎，以春花秋葉寄情，畢竟不是每個人都懂得體會呢。

松島灣

這個海灣，美得讓人感動，美得令人難忘。聽說日本名詩人芭蕉在遊訪松島時，被那絕美的景色所懾服，於是寫下了如此的俳句：

松島やああ松島や松島や

松島啊！

松島，呀！

松島！

啊，如此的名詩人，如此的詩句？

我們住的日式榻榻米房間正面對著松島灣，從落地窗望出去，那海灣的景色在夕陽中展現，像夢境一般。松島灣是日本三景之一，海灣內散佈着兩百六十多座小小的島嶼，而且都長着松樹。有的島嶼小得像日本式的精巧玲瓏的盆栽，有的大得可以蓋寺廟，最出名的廟宇便是「五大堂」，它是松島的精神象徵。

那晚我在溫泉裡泡湯，一邊望着海灣，心裡不無惆悵；因為這已是旅途的最後一夜。

王府井街

二〇〇〇年夏天，我們夫妻倆第一次到中國去旅行；那時千島湖事件剛發生不久，我們心裏不無警惕，於是決定參加一個從紐約出發的旅遊團，為的是同行的洋人一路上可以當我們的保鏢。

我們走的是所謂的黃金路線；先到上海，然後飛北京，在那裏停留了三天。第一天我們一大早就直往八達嶺，去看萬里長城。怎知到了那裏，早已人潮洶湧，舉目所望，全是人頭。我們掙扎半天，才擠上了城牆；原來那城牆上的走道是一級一級又陡又窄的石階，只能容兩個人並行；照說，一排的人往上爬，另一排的人朝下走；不會出差錯。可惜那千千萬萬的遊客都不甘落後，不肯相讓；於是你擠我推，竟把一個居庸關擠成了綿綿長長的，完全不透風的肉牆，大家都上下不得，真是熱騰騰，一團混亂。

幸好當天下午我們去明十三陵參觀時，並沒有別的遊客。我們一行人迎著午後亮麗的陽光，舒暢的和風，倘徉於寬廣肅靜的神道上，大家欣賞著兩旁茂密的垂柳和一尊尊的大型石雕，它們的造型那麼生動，彫工那麼精細，讓人讚嘆不已。我跟在那些洋人後面，信步遐思，想著那悠遠的五百年前的明朝舊事。

當天晚上，我們到全聚德去吃北京烤鴨；那是北京人最引以為榮的餐館；所有的遊客都必須去品嘗，否則就等於白走了一趟北京城。好笑的是，我們同行的有幾個美國佬從生下來到現在都沒吃過鴨子，如今更不肯動筷了。

飯後沒事，我們就到旅館樓下的音樂廳去喝酒，聽歌。原來那男歌星唱的是「心太軟」。咦！那不是一首臺灣的熱門歌曲嗎？怎麼這兒的中國歌星也會唱？大概這也算文化交流吧？

聽完歌，我們決定上街去逛逛。原來我們住的旅館就坐落在北京最熱鬧的王府井街上。跨出旅館後，只要轉個彎，就到了鬧區。

我們倆在街上漫步而行，一邊談論著這幾天來在中國的所見所聞；我們有同感，覺得這裡的人與物都似曾相識，卻又好像很陌生，真是一種奇異的感覺。我們正談得起勁呢，無意中卻瞥見一個抱著小孩的婦人從角落裏走了過來。她身上的衣裙看起來很破舊，腳上穿的是兩只不同顏色的拖鞋；她的臉色顯得憔悴灰黯，頭髮也焦黃散亂。她懷裏的小孩大約兩三歲大吧？頭仰著，看不出是男孩或女孩；手腳像細弱的柴枝，僵硬地垂著。我們正想讓過一邊，怎知那婦人竟然擋住了我們的去路。她望著我們，然後喃喃地不知說了些什麼；我們一句也聽不懂。她又重覆地說了一遍，我們還是聽不懂她所說的方言。我有點慌，心想，怎麼辦呢？她到底在說什麼，我們總要搞清楚才好？我走近一步，想好好地問她；可是，就在我倆的眼光接觸的那一霎那，我竟不由自主地愣然往後退了！那眼光，多可怕！她深陷的眼窩裏射出的是餓狼般的兇光。我一陣的驚懼，忙拉著丈夫的手，快步地走開了。

我們走得很快，幸好那燈火輝煌的鬧區就在前面。此時我的心神已鎮定了許多，不免好奇地東張西望，欣賞著那些高級商店的櫥窗；但我們也只是看看而已，因為根據美國報章雜誌和電視的報導，中國的市場上所賣的名牌其實都是冒牌貨；所以我們什麼也沒買，只怕被騙。

這時，我們看到不遠處有一家賣冰淇淋的店面，走過去一瞧，原來是美國的連鎖店Baskin Robins，真感到意外的欣喜，也就放心地走進去買了冰淇淋捲。

我們一邊吃，一邊往旅館的方向走回去。

走到半路，我終於把鯁在心裏的話說了出來，「其實剛才那女人，好可憐。」

我丈夫點點頭。「我想她大概是個從外地來的鄉下人，因為在家鄉過不了日子，才跑到北京來討生活。沒想到孩子生了病，她又沒錢找醫生，所以才跑到街上來向人乞討。」

「說不定她還在這附近呢？我們要不要找找看？」我急切地建議。

於是我們沿著來路，找尋那個女人，可是走遍了附近幾條街，都沒見到她的蹤影。

如今幾年已過去，我每憶起北京，腦海裏便會映現出那個女人的形影。那是一個飢餓的流浪者，一個無助而絕望母親呀，我卻沒有對她伸出援手，反而畏縮地逃開了。

遊土耳其點滴

二〇一〇年五月初我們參加了一個旅遊團，到土耳其玩了十六天；體會到了一些不同的經驗，如今點點滴滴寫了下來：

・坐遊船欣賞博斯普魯斯海峽

伊斯坦堡三面環水，景色優美，它最奇特的地方是整個城市被一個海峽分割成兩半；一半在歐洲，另一半在亞洲；而這個海峽便是博斯普魯斯（Bosporus）。它有二十里長，是伊斯坦堡進入黑海的通道。

我們旅遊團租了一艘大型遊船，載我們沿著海峽遊蕩。那天下午，艷陽高照，微風吹拂，很讓人心曠神怡。海峽兩岸的景色，在我們眼前滑過：有博物院，有數幢奧圖曼帝國時代留下來的華麗輝煌的皇宮，有兩座城堡，有回教的寺廟與尖塔，還有兩座跨海大橋；更有無數的高級旅館及戶外咖啡廳依偎在水傍。遠處山腰上的一些小村莊，都是富豪的住宅與別墅，有的壯麗，有的雅致，都好像在爭奇鬥艷，向人誇耀；似乎全土耳其的有錢人都聚居在海峽的兩岸了。可以說，博斯普魯斯就像一條寬廣的街道，兩旁都是華麗的展覽櫥窗，展示的是土耳其的歷史，文物，建築，經濟與宗教的精華，讓逛街的人留下了很深刻美好的印象。

在伊斯坦堡的三天裡，我們住得好，吃得好，就只有一點讓人不安；我們有時在水上遨遊，有時在路上閑逛，有時在餐館吃飯，突然間，會聽到一陣令人迷惑而怪異的呼叫聲從播音器傳出來，彌漫了整個城市。原來那是在召喚回教信徒到寺廟去跪拜祈禱。他們一天要向著聖地麥加朝拜五次，口中還不停地禱念著，「神是偉大的」（Allah is great）。

・肚皮舞

在伊斯坦堡的第三天晚上，我們每個人花了八十塊美金到一家餐館兼夜總會（Kervansaray Restaurant & Night Club.）去看肚皮舞。聽說肚皮舞發源於中東，是那個區域的一種獨特的娛樂與表演藝術；也是神秘的阿拉伯文化的一朵奇葩。我一直以為只有埃及才有肚皮舞表演，如今才知道原來土耳其的舞孃更風騷，更性感；因為土耳其政教分離，實行的是民主政治，所以一般老百姓的日常生活比別的回教國家自由得多，也因此土耳其的肚皮舞孃可以穿得很露骨，而不會受到管制或約束。我們的導遊還特別提醒了，這個夜總會的一個舞孃是全國有名的藝人，所以要睜開眼睛，好好欣賞。

我一邊吃晚飯，一邊環視全場，只見整個餐館坐滿了食客，卻看不到可以表演的地方。正納罕呢，卻看到舞臺漸漸地伸展出來了，原來它隱藏在樂隊演奏臺底下。我看那舞臺小小的，相當簡陋，不禁有點失望。

最先出場的是個神采煥發的青春少女，皮膚雪白，面容姣好，身材苗條，舞裝眩麗。她的舞姿那麼輕俏自在，使人聯想到蝴蝶的飛舞，噴泉的跳躍。她充分呈現出了女性的優雅，柔美與性感。

第二個舞孃還沒出來，整個夜總會就已經響起了歡呼與掌聲。當然可以猜到，她必定就是那個全國有名的肚皮舞孃了。

怎麼形容她的表演呢？可以說，她全身的肌肉與骨頭沒有一根不聽她的指揮與命令。她翩翩起舞，那骨盆、臀部、手臂、胸部、腹部、腿部、肩膀、頸部都同時活動了起來；她時而輕軟，時而柔韌，時而快，時而慢，那精巧純熟的動作，使人全神貫注，卻也看得眼花繚亂。沒多久，她的額頭已滲出了汗珠。她那麼專注，常常連一絲笑容都沒有。

她表演完畢後，當然又是掌聲如雷了。可是我這個外行的觀眾，卻偏愛那年輕少女的表演；因為她的輕鬆，歡樂與笑容，很有傳染性的魅力。

接著又出來了第三個舞孃。那個女人，哎，不談也罷？她好像是個印度人或吉普賽人吧？棕色的皮膚，三四十歲的年紀，身材胖胖的，肚子鼓鼓的，都不曉得是生過幾個孩子的媽媽了；看她的舞姿，更沒有絲毫的美感。真奇怪，都一把年紀了，為什麼還出來賣相？

・土耳其的料理

我在出門以前就問了一位土耳其同事，到底他們最好吃的東西是什麼，她很熱心地替我列了一張菜單。我到了土耳其以後，當然也就想辦法一一去品嚐了。可惜的是，他們主要的肉食是羊肉，而我只喜歡吃豬肉，對羊肉的騷味向來避之唯恐不及。好笑的是，有一次我在無意中吃了一碗蔬菜燉肉湯，那味道真是鮮美可口，後來才知道原來那是燉羊肉！可見並不是所有的羊肉料理都是騷味沖鼻。

我們在兩個禮拜的旅程中，除了每天晚飯在餐館吃以外，中飯都是在旅途中路過的食堂解決的。這大概就和我們臺灣的路邊小飯店一樣吧？雖然菜色簡單，卻都是當地人日常吃的很道地的口味。我們品嘗了土耳其式的烤肉三明治，比薩餅，炒飯，燉肉，烤魚，烤菜蔬等，味道都很好。不過我最喜歡的是他們各式各樣的茄子料理，尤其是一道叫「Sultan’s Delight」（蘇丹王的最愛），吃了以後令人難忘。另外還有一道湯，是用小扁豆做的，叫lentil soup，也很可口。又因為此地盛產橄欖，所以三餐都有各種不同口味的橄欖當開胃菜。

他們的飲料，除了土耳其咖啡以外，還有茶。他們喝茶時，裡面放了好多糖，實在不敢領教。不過他們用的茶杯，形狀像纖小的沙漏，細巧的腰身，非常精致美觀。還有一種冷飲，名字叫Ayran，喝起來鹹鹹的，實在不敢恭維。

至於土耳其的甜點，花樣很多，我每天晚餐都要嘗新。有一種看起來像花蓮薯的點心，好像很好吃，可惜卻浸泡在蜜汁裡，那種甜膩的感覺，實在有點過度。還好大部分的甜點都很可口，裡面還擺了核桃、榛實、開心果、杏仁等，真是很大的享受。他們有一樣很大眾化的糖果，叫做「Turkish Delight」，吃起來有點像我們臺灣南部的特產「新港飴」，那是我的最愛。

·Whirling Dervish

在卡帕多奇亞（Cappadocia），我們每人花了美金三十五塊錢，到一座地窖去看一群回教托缽僧念經，跳舞。他們穿白衣白長裙，黑色腰帶，黑色鞋子和高高的黑色尖帽；跳舞時，頭歪到一邊去，那是一種很奇特的旋轉舞。這宗派是回教的一支，曾有一度被政府嚴禁。據說他們的教理很玄妙，具有很深奧的哲理，我當然搞不懂。他們一再聲明，這舞蹈是一種秘密的宗教儀式。令人想不通的是，既然如此秘密，為什麼要對外開放，而且還收錢？既然有付錢的觀眾，就不該算是宗教儀式，而是一種表演吧？

他們的舞蹈方式有點像小時候看臺灣道觀的乩童在起乩一樣，有點邪門。

我們看到一半，就直打哈欠；覺得花了一筆冤枉錢。

・Cappadocia

早聽說卡帕多奇亞有很奇特的岩石構造，可是到底有多特別？就讓人難以想像了。這一次土耳其之旅，我們終於有機會來到這個地方，親眼看到了這漫山遍野的，奇形怪狀的地貌。

我們參觀的地方叫「格雷梅露天國立博物館」（Goreme Open Air National Park）。依照地理學家的說法，幾百萬年前這個地區有兩座火山爆發，熔岩覆蓋了四千平方公里的地面，後來因為侵蝕風化作用，漸漸地把熔岩塑造成氣勢磅礡的天然奇景。從高處往下看，在那無數的山谷，深深的溝壑裡，只見那光禿禿的一塊一塊巨形的淡黃色岩石，有的高聳如金字塔，有的渾圓如朵朵的蘑菇，有的像駱駝，有的像城堡，有的像石筍，有的像雄性的圖騰，真是奇異的景觀；土耳其人乾脆把這些天然形成的熔岩叫做「仙人的煙囪」。

看到這一片千變萬化的地形，真會使人誤以為跨上了月球。但細細端詳，卻可以看出那些錐形的煙囪裡面，都被人掏空了，成了一座又一座的可以讓人居住的岩洞。原來一些早期的基督教徒，為了逃避羅馬帝國的迫害，只好躲到這些人造的洞穴裡來。他們很有創意，很巧妙地在山洞裡建起了柱子和拱形門，就和教堂的建築一般。洞壁上更畫了許多色彩斑斕的宗教圖像，直到一千多年以後的今天，有一些還保存得完整無缺。

這些基督教徒在洞穴的日子，該是多麼荒涼孤寂的生存呢？於是就有人開始養鴿子，挖了小窗戶，讓那些小動物飛進飛出，成為他們彼此互通訊息的郵差。所以這裡又稱為「鴿子城」（Pigeon Valley）。後來漸漸地有更多的信徒搬到這裡來躲藏，於是就有了地下城的建造。

我們曾去參觀了一座地下城；這個隱蔽的地下城市，分為數層，各層有梯子相連，還有換氣的洞與秘密出口通道。這個地下世界什麼也不缺：有起居室、厨房、畜舍、酒窖、教堂、神龕、食物儲藏室等，真是應有盡有。我們在那低矮黑暗的地洞裡穿來穿去，真怕一不小心，就會迷失在這死城裡。

這些基督教徒就在這裡躲避，不知過了幾百年，好不容易羅馬帝國崩潰了，以為從此可以重見天日的。怎知，接著來的是信奉伊斯蘭教的突厥人，他們在這裡生根，又建立了奧圖曼帝國；而當地居民也紛紛地改信伊斯蘭教。結果信奉基督教的人再也沒有辦法繼續存活下去，只好全部撤離；而這些奇異的洞穴城市也跟著荒廢了。

直到二十世紀初期，在偶然的機遇裡，又有人來到這個地方，發現了這奇景。於是這壯麗而奇特的地域，又重現在人們的眼前，成了土耳其最熱門的遊覽勝地。

澎湖的褒歌

二〇〇九年春天，我們路經臺北世貿中心，看到裡面正在舉行旅遊展，於是好奇地進去參觀。我們看到一個攤位上掛了個招牌，叫「澎湖之美」，於是走過去探個究竟。那推銷員說，他們的老闆是澎湖人，因為很愛自己的故鄉，所以這幾年來一直致力於澎湖旅遊業的擴展。我們感念他愛鄉的情懷，也就毫不猶豫地付了定金，決定參加他們三天兩夜的旅遊。

那時才四月初，大概旺季還沒開始吧？所以旅客稀稀疏疏的，我們這一團一共才六個人，其中有四個是我們一家人。是由一個綽號叫「火鍋」的年輕人當導遊。

我們吃了午飯後，就出發到西嶼鄉二崁村。原來那是一個小小的村落；我們剛下車就看到有好幾個人家在牆垣外的路旁曝曬著一攤又一攤的藥材。後來聽火鍋解釋，才知道大多數的村民都是世世代代當中醫師，或經營中藥材的生意；也因此，他們的經濟情況比較好，他們的房子也整頓得古雅潔淨。

這二崁村就只有一條街；說是街，其實是一條鋪了石板的曲巷。我們沿著那條小巷子，一路走走看看。兩旁大約有四五十幢房子，都是紅瓦白牆；那一家連著一家的古厝，全是傳統的舊式建築；有石砌的圍牆，有院落；房子的格局優雅，寬敞，與臺灣的古式房屋的建築風格類似，只是建材不太一樣。有的圍牆是石灰砌成的，上面卻疏疏落落地鑲了幾塊不同顏色的石片，真是有異趣而悅目的構想！本來不過是呆板的一片牆，卻因為那些色彩清淡的石片而顯得生動活潑了。還有一些牆則是用玄武岩堆砌的，看起來鞏固又美觀。牆內寬廣的庭院，擺放著古井，石磨和牛車等農具；屋內的傢俱，椅凳，紅眠床，也都古色古香。特別是每一家的窗戶，都頗有巧思，各異其趣；有的用石窗，有的用花窗，有的用綠釉窗等，既美麗，又透氣，又採光。可以說，整個村莊，深深地引發了遊客思古之情。

令人稱奇的是，這些屋主不但歡迎外人登堂入室參觀，而且還親切地招呼我們。有一家在庭院裡擺了一個小攤，賣杏仁茶，那味道真是濃香可口。我喝了一口茶後，才恍然大悟；原以為二崁村只有住家，沒有店鋪；其實有許多住家，就是店鋪。他們把賣的東西擺放在客廳或庭院裡，做些小本生意，卻也不礙眼，不影響他們的家居生活。

但這座村莊最特別的地方是許多圍牆的門口，都掛了一個小匾，上面畫了圖，寫了字。本來我們沒注意，走過去了都沒瞥它一眼。可是火鍋每見一幅匾就停下來，還唸了那些字句給我們聽。他唸得很快，他的臺灣話又帶了澎湖口音，所以我們都搞不懂那些字句的含意；只覺好像是詩歌，都押了韻，聽起來很悅耳。他不厭其煩地重覆唸幾遍，我們漸漸地就懂了，也大感興趣。原來這些詩句叫「褒歌」。

澎湖的褒歌在很久遠以前就流傳於民間，它有點類似客家的山歌，是男女用來開玩笑及打情罵俏，或者用來抒發感情，或述說個人遭遇的詩句。它們反映了一般中下階層老百姓的生活；不過這些百姓並非詩人或騷客，所以吟詠的詩句並不講究格律，不注重平仄，大多數用七言絕句，每一首都只有四句；再配合結構的簡單變化，便成一首褒歌了。雖然它名為褒歌，但它並不是用來褒獎人，也很少用歌詠的方式來表達，而大多是「唸口白」。「唸口白」又一定得用閩南話，否則完全無法瞭解它的意思，更不可能欣賞它的韻味了。

褒歌的另一個特點是：它只講究每個字的讀音，而不一定採用每一個字的原意。以普遍的七言四句的結構來作分類，褒歌大約可分為五種：

一、四句全寫情

日間無聽我君聲，
夜間無看我君影。
我君出外者壞命，
夫妻叫做空殼名。

二、一句寫景，三句寫情

肉豆開花雙頭翹，
阿哥招娘睏椅寮。
椅寮睏了孔腳翹，
兩人跋落攔朝朝。

三、二句寫景，二句寫情

一隻海鳥飛海面，
二蕊目賙結仁仁。
我君仔一去不回信，
害阮昨昏又失眠。

四、三句寫景，一句寫情

楊桃好吃結五溝，
臺灣落雨出溪流。

這平看過

彼平房

看見阿娘仔梳頭鬃

胭脂水粉

抹甲這尼阿重

不知默去

找誰人

五湖四海行透透，
找無少年仔這緣投。

五、四句全寫景

人種的金瓜像飯斗，
阮種的金瓜像茶甌。
人嫁翁婿遮緣投。
阮嫁翁婿漾牙猴。

看到如此圖文並茂的匾，我們都笑開了，也留連不肯離去；覺得此地的居民實在很風趣，心思靈活，文字生動活潑。

那一次的澎湖的旅遊，因為節氣還早，所以很多海上活動都不能享受到。幸好去了二崁村，使我們覺得不虛此行。

語言文學類　PG0692

馬德里的黃昏

——夏眉散文集

作　　者／夏　眉
責任編輯／鄭伊庭
圖文排版／楊尚蓁
封面設計／蔡瑋中

發 行 人／宋政坤
法律顧問／毛國樑　律師
印製出版／秀威資訊科技股份有限公司
114台北市內湖區瑞光路76巷65號1樓
電話：+886-2-2796-3638　傳真：+886-2-2796-1377
http://www.showwe.com.tw
劃撥帳號／19563868　戶名：秀威資訊科技股份有限公司
讀者服務信箱：service@showwe.com.tw
展售門市／國家書店（松江門市）
104台北市中山區松江路209號1樓
電話：+886-2-2518-0207　傳真：+886-2-2518-0778
網路訂購／秀威網路書店：http://www.bodbooks.com.tw
國家網路書店：http://www.govbooks.com.tw
圖書經銷／紅螞蟻圖書有限公司
114台北市內湖區舊宗路二段121巷28、32號4樓
電話：+886-2-2795-3656　傳真：+886-2-2795-4100

2012年1月BOD一版
定價：230元

國家圖書館出版品預行編目

馬德里的黃昏 : 夏眉散文集 / 夏眉著. -- 一版. -- 臺北市 : 秀威資訊科技, 2012. 01
面； 公分. -- (語言文學類 ; PG0692)
BOD版
ISBN 978-986-221-889-1(平裝)

855　　100025112

讀者回函卡

感謝您購買本書，為提升服務品質，請填妥以下資料，將讀者回函卡直接寄回或傳真本公司，收到您的寶貴意見後，我們會收藏記錄及檢討，謝謝！

如您需要了解本公司最新出版書目、購書優惠或企劃活動，歡迎您上網查詢或下載相關資料：http:// www.showwe.com.tw

您購買的書名：＿＿＿＿＿＿＿＿＿＿＿＿＿＿＿＿＿＿＿＿

出生日期：＿＿＿＿年＿＿＿＿月＿＿＿＿日

學歷：□高中（含）以下　□大專　□研究所（含）以上

職業：□製造業　□金融業　□資訊業　□軍警　□傳播業　□自由業

□服務業　□公務員　□教職　□學生　□家管　□其它＿＿＿

購書地點：□網路書店　□實體書店　□書展　□郵購　□贈閱　□其他

您從何得知本書的消息？

□網路書店　□實體書店　□網路搜尋　□電子報　□書訊　□雜誌

□傳播媒體　□親友推薦　□網站推薦　□部落格　□其他＿＿＿＿

您對本書的評價：（請填代號　1.非常滿意　2.滿意　3.尚可　4.再改進）

封面設計＿＿　版面編排＿＿　內容＿＿　文／譯筆＿＿　價格＿＿

讀完書後您覺得：

□很有收穫　□有收穫　□收穫不多　□沒收穫

對我們的建議：＿＿＿＿＿＿＿＿＿＿＿＿＿＿＿＿＿＿＿＿

＿＿＿＿＿＿＿＿＿＿＿＿＿＿＿＿＿＿＿＿＿＿＿＿

＿＿＿＿＿＿＿＿＿＿＿＿＿＿＿＿＿＿＿＿＿＿＿＿

＿＿＿＿＿＿＿＿＿＿＿＿＿＿＿＿＿＿＿＿＿＿＿＿

請貼
郵票

11466
台北市內湖區瑞光路 76 巷 65 號 1 樓
秀威資訊科技股份有限公司 收
BOD 數位出版事業部

（請沿線對折寄回，謝謝！）

姓　　名：＿＿＿＿＿＿　年齡：＿＿＿＿　性別：□女　□男

郵遞區號：□□□□□

地　　址：＿＿＿＿＿＿＿＿＿＿＿＿

聯絡電話：（日）＿＿＿＿＿＿（夜）＿＿＿＿＿＿

E-mail：＿＿＿＿＿＿＿＿＿＿＿＿